La honte
leur appartient

Maud Tabachnik

La honte
leur appartient

Merci à Anne

PREMIÈRE PARTIE

En remontant dans sa mémoire il se revoyait, petit garçon, venir avec son chien Toby chercher son père les lundis après-midi, après les parties de rami.

C'était dans la salle du fond, celle aux banquettes en moleskine et aux appliques en verre tourné, que se réunissaient les amis. Il la trouvait belle, avec sa fresque murale aux teintes passées, où l'on voyait un couple élégant contempler d'une pergola un paysage méditerranéen. La femme surtout lui plaisait. Longue, mince, avec une robe blanche et légère qui tournait autour d'elle.

Il ne venait pas tous les lundis. Un sur deux ou trois, les autres étaient consacrés au réassortiment chez les grossistes de Paris ou de Troyes.

Ces jours-là, il déjeunait chez Mademoiselle Rose, la vendeuse qui travaillait dans le magasin de Tissus et Articles de Paris de ses parents. Elle lui servait des plats différents, en sauce, un peu gras, qu'il adorait, et à la fin du repas elle lui donnait un petit verre de vin qui avait le goût du fruit défendu. Le soir, il attendait le retour des siens par le train arrivant de Paris à 21 h 13.

Ces lundis chez Rose avaient disparu à la naissance de sa petite sœur. Il avait dix ans.

Après une période de trouble et d'embarras, d'explications difficiles où il avait vu grossir sa mère qui, à ses questions, répondait avec gaieté que bientôt il ne serait plus tout seul pour jouer, elle les avait quittés une semaine entière, et son père lui avait confié que maman était allée chercher une petite sœur ou un petit frère.

Il s'était figé dans l'appréhension du retour, et quand ils étaient revenus avec, dans les bras, une espèce de chiffon hurlant et grimaçant, rouge, et pour tout dire hideux, il avait compris que son pouvoir était remis en question.

Et la vie était passée, ou plutôt la mort. Des années empilées, des événements enchevêtrés, d'autres lieux.

Il était revenu dans la ville à trente-sept ans. Notaire.

Il s'était garé dans la rue principale, devant le *Café des Amis*, et avait observé les gens en essayant de repérer des silhouettes ou des visages familiers.

Le décor avait changé. À présent, un commerce de vêtements mode remplaçait la quincaillerie de Pichard, où, fasciné, il avait passé des heures à examiner les trésors que contenaient les batteries de tiroirs en bois clair, avec leurs boutons dorés toujours bien astiqués.

M. Pichard le laissait faire, amusé sans doute de l'étonnement et du plaisir qu'il manifestait quand il découvrait un outil ou un objet tarabiscoté, inconnu.

L'étude de Mᵉ Noiret jouxtait l'ancienne quincaillerie. Mᵉ Noiret avait bien connu ses parents. C'était lui qui avait rédigé les actes lorsqu'ils s'étaient rendus acquéreurs du magasin et de l'appartement, au-dessus. Et lui avait racheté l'étude de Mᵉ Noiret.

Quelques passants s'étaient retournés sur lui, assis immobile au volant de sa grosse Matford noire, identique à celles dont se servaient les flics dans les films américains qui passaient au Palace, avec son phare-projecteur mobile sur la portière.

Une voiture peu connue à cette époque où roulaient plutôt la Dauphine, qui avait remplacé la 4 CV, et dont on lestait le coffre pour qu'elle ne s'envole pas passé une certaine vitesse, et, pour les plus rassis, la Panhard-Levassor et la 403 de chez Peugeot.

Les pognoneux, les sportifs et les frimeurs préféraient la DS que l'on qualifiait de « tombeau roulant » parce qu'elle avait tendance à s'enrouler autour des platanes.

Les femmes dans le coup, ou qui voulaient l'être, choisissaient la Floride décapotable, deux tons, que Brigitte Bardot conduisait les cheveux pris dans un foulard d'où s'échappaient ses mèches blondes et insolentes quand elle roulait sur la N7 en direction de *La Madrague*.

Les passants cherchaient peut-être dans leurs souvenirs à qui se rapportait ce visage osseux, mat, à peine éclairé par deux yeux sombres et profonds, figé dans une immobilité que la bouche pourtant bien dessinée n'adoucissait en rien, et qu'obscurcissaient encore des cheveux noirs, à peine ondulés, portés en arrière.

Me Walter avait remplacé Me Noiret et la vie avait continué. Ou recommencé.

— Toujours au whisky, mon cher ?

L'homme qui l'interpellait jovialement était content de lui. Walter le sentait à la manière qu'il avait de tenir sa tête en arrière pour mieux toiser ; le corps court et large, planté plutôt que posé sur cette bonne terre de ses ancêtres qui ne l'avait jamais trompé.

— C'est un médicament pour les artères, répondit Walter, je me soigne aux plantes : tabac et malt.

Saurmann rit par politesse. Il s'assit sur la chaise de l'autre côté du guéridon.

— Alors, je vais en prendre ! Notre toubib m'a dit que j'avais les artères comme des tuyaux de pipe !

Il commanda, goûta, fit la grimace.

— Ah, j'ai du mal à m'habituer à ce goût de punaise écrasée ! Je ne sais pas comment vous pouvez trouver ça bon ! Parlez-moi d'un bon martini ! ou même un Byrrh, tiens ! vous n'aimez pas le Byrrh ?

Walter fit une vague moue.

— Un vrai Amerloque ! enchaîna l'homme, jovial. La bagnole, la boisson ! Ah, vous amenez de l'exotisme ici ! Remarquez, ajouta-t-il, je ne dis pas que cette région n'en a pas besoin. De vous à moi, je trouve qu'elle dort un peu ! Du sang neuf, ça fait pas de mal !

Il vida son verre et commanda aussitôt un Byrrh.

— J'aime bien son amertume, ce petit goût d'amande... vous avez déjà goûté ? demanda-t-il quand le garçon lui eut apporté le deuxième apéritif.

Walter secoua la tête.

— Qu'est-ce que vous voulez, j'suis pas moderne, moi ! s'exclama l'industriel. On est conservateurs dans l'coin !

Walter commanda un autre whisky et alluma une cigarette blonde, que son vis-à-vis observa en ricanant. L'odeur de miel de la Camel se répandit autour d'eux. L'industriel sortit un paquet de gitanes et en alluma une à son tour.

— Alors, dit-il en soufflant la fumée, elle va se faire en fin de compte, cette succession ?

Walter ne demanda pas à quoi Saurmann faisait allusion. La vente du Grand Magasin National qui occupait un pâté de maison dans la rue principale était dans toutes les conversations.

— Probablement, répondit-il.

— Et ce sera quoi ?

— Je l'ignore.

— Ah, me racontez pas d'histoires ! Vous devez bien savoir !

L'alcool lui donnait de l'audace.

Walter sécha son verre. Il savait qu'il buvait juste un peu trop.

— Ils ne m'ont rien dit.

— Mais c'est qui « ils » ?

L'arrivée de Deninger, le dentiste, lui évita de répondre. L'industriel se tourna vers son voisin.

— Ah, tu tombes bien ! J'essaye de faire parler notre ami sans résultat. J'ai les moyens de vous faire parler ! enchaîna celui-ci vers Walter en imitant l'accent teuton et en agitant son gros index sous son nez.

Deninger s'assit en haussant les épaules et en le regardant de travers. Ce con n'en manquait jamais une. Il jeta un coup d'œil sur Walter qui, devant la douteuse plaisanterie, n'avait pas réagi.

— Un Fernet, commanda-t-il.

Il étala complaisamment devant lui ses grosses mains blanches comme des méduses. Des clients s'étaient plaints d'être à moitié étouffés quand il leur mettait les doigts dans la bouche.

— Tu sais qu'il veut rien dire sur les repreneurs du Magasin National ? Ah, ils sont discrets, les notaires !

— Ils ont raison, marmonna Deninger. Qu'est-ce t'as besoin de savoir ?

— Mais attends ! On pille le patrimoine ! Parce que je sais quand même que ce sont pas des gens d'ici qui achètent, et ça te fait rien ?

Le dentiste avala son Fernet d'une seule lampée.

— Vous souffrez du foie ? demanda Walter, désignant la boisson.

— Non, j'aime ça. Ça vous étonne ?

Walter haussa les épaules. Il avait bien d'autres sujets d'étonnement.

— Et ça te fait rien ? reprit Saurmann, accroché à son idée.

Le dentiste haussa les épaules.

— Un stock de tissu mité, des chemises en flanelle et des jupons en pilou, tu veux que ça me fasse quoi ?

14

— Mais attends ! et la façade Viollet-le-Duc ? Dis donc, tu sais depuis quand elle est là ?

— Ben, alors, ils vont pas l'avaler, la façade ! Pas vrai, Walter ? Tu sais, Saurmann, si tu te mets dans des états pareils, tu vas laisser une veuve joyeuse ! ricana le dentiste.

C'est pas parce qu'ils avaient frotté leurs fonds de culotte sur les mêmes bancs d'école qu'il se sentait proche du gros Saurmann. Il le méprisait même plutôt. Son seul coup d'éclat était d'avoir posé ses fesses dans le fauteuil patronal de la conserverie familiale, à la mort de son père. Coup de pot, cet accident cardiaque à soixante ans. Mais si le fils ne faisait pas gaffe, ça le guettait.

Il observa Walter qui n'avait pas bronché. Il aurait bien donné deux sous pour connaître la vie de leur ancien condisciple. Marrant de débarquer si longtemps après sans que personne n'ait jamais eu de nouvelles.

Ça avait échauffé les esprits, ce retour. On avait supputé dur dans certaines chaumières. Lui, ça le faisait jouir.

Saurmann avait recommandé un Byrrh. Il aurait pourtant dû s'arrêter là. Avec sa surcharge pondérale, comme on disait, son teint couperosé et sa maîtresse de vingt-cinq ans plus jeune, il était le candidat idéal pour enrichir les statistiques des morts prématurées.

— Vous venez au golf, dimanche ? demanda le dentiste.

Tout le monde vouvoyait Walter, même ses anciens camarades de classe. Ça s'était fait tout seul. Évidemment, au début, Saurmann avait voulu passer outre, mais Walter avait continué à le vouvoyer et l'autre avait compris.

Si ça se trouve, on se disait « vous » dans leur famille, avait pensé Deninger, qui ne se souvenait pas.

— Je ne sais pas, c'est un tournoi, non ?

— Handicap de cinq, confirma l'homme de l'art.

Saurmann les écoutait sans intervenir, vaguement ivre. D'ailleurs il ne jouait pas au golf. Payer une cotisation pour se faire chier à marcher dans un pré sur des chaussures à pointes et se démolir les reins en *puttant*, comme ils disaient, fallait être débile ! Mais c'était la mode chez les rupins, comme le cheval.

Les joueurs de belote de la première salle se séparèrent en discutant bruyamment. Saurmann regarda sa montre. Huit heures.

Dans cette première salle courait avant-guerre un magnifique comptoir en acajou sombre, avec le dessus en zinc et une rampe en cuivre. Derrière trônait un percolateur tout en chrome rutilant que la patronne de l'époque, Madame Lucienne, faisait briller avec une pâte dont elle conservait le secret, même quand ses clients, poussés par leur femme, voulaient en connaître le nom.

« Je la fais moi-même, répondait-elle, et je sais pas les proportions. »

À présent, la mafia auvergnate des décorateurs acoquinée aux brasseurs de bière avait sévi et le bistrot, avec son comptoir recouvert de moquette à grosses fleurs, ses niches tapissées de velours rouge, le dessus en Formica façon bois et ses verres, suspendus à hauteur des yeux par les pieds, ressemblaient à ces milliers de cafés sans âme qui champignonnaient de Dunkerque à Tamanrasset.

Walter héla le garçon.

— Combien vous dois-je ?

Il le savait, il prenait toujours la même chose.

Saurmann, sans se lever, lui tendit la main.

— Sans rancune, hein ?

Walter fit un signe de tête aux deux hommes.

— Bonsoir.

Il sortit dans la rue principale quasiment vide à cette heure où chacun était à table, remonta son col de pardessus à cause du petit vent frisquet et rentra chez lui.

C'était une rumeur qui enflait et éclatait en coups et en cris.

Walter ouvrit brusquement les yeux, le cœur en alarme. Il attendit dans le noir que sa respiration s'apaise. Écarta les bras et les jambes, se rassurant du vide qui l'entourait, épiant le silence de la grande maison.

Fatigué, il se leva et alluma une cigarette, tous gestes destinés à le distraire. Il alla à la fenêtre, écarta les tentures.

Ne plus y penser. Chasser les souvenirs qui créaient ces images. Mais comment ? Ses six années d'analyse lui avaient seulement fait comprendre que si on ne peut accepter l'inadmissible, il faut néanmoins vivre avec.

Il regarda d'un œil absent le jardin que la ouate de novembre absorbait. Pas de golf aujourd'hui, déjeuner chez le Dr Bentz en compagnie d'un jeune cousin ordonné prêtre. Bentz voulait des tuyaux pour un placement.

Walter quitta son poste d'observation et s'arrêta devant le grand miroir à cadre doré qui ornait un des murs de sa chambre. Une femme qui jadis l'avait aimé avait comparé son visage au masque hiératique des chats sacrés d'Égypte.

Il regarda l'heure. Sept heures. Trop tôt pour un dimanche. Mais il ne voulait pas se rendormir.

Il descendit à la cuisine se préparer du café. Elle était presque telle qu'il l'avait quittée. Les « locataires » qu'avait trouvés la municipalité n'avaient rien changé. Ensuite, la maison était restée inhabitée un certain nombre d'années. Quand il était revenu, il avait fait repeindre et installer le chauffage central. Mais les meubles étaient les mêmes que du temps de son enfance. Les « locataires » avaient été soigneux.

La chambre qu'il occupait était celle de ses parents. Celle qu'il avait habitée avec sa sœur était devenue son bureau. Dans la cuisine, seule la gazinière avait été changée et il avait ajouté un réfrigérateur. Dans la salle à manger, c'était la même table en noyer avec ses chaises au dossier arrondi et le buffet avec ses trois portes sculptées, et sur lequel, dans le temps, trônait une Diane en bronze retenant deux lévriers en laisse.

Il frissonna dans le froid du petit matin, mais eut la flemme de descendre à la cave remonter la chaudière.

Le jour vint paresseusement le tirer de sa torpeur. Les cloches de l'église toute proche appelèrent la première volée de fidèles.

Il se leva et passa dans la salle de bains, nouvelle elle aussi, carrelée entièrement, comme le voulait la mode, de carreaux blancs et vert amande, avec le bidet qu'il n'avait pas osé refuser.

Quand il eut terminé sa toilette, il enfila sa robe de chambre, alla s'installer au salon dans le fauteuil en cuir fatigué qu'il avait toujours connu et qui était l'orgueil de son père, et posa sur le tourne-disque une sonate de Chopin qu'il écouta en fumant. À moitié somnolent, il laissa les heures passer.

Vers midi, il se prépara avec soin et descendit chercher un Mouton-Rothschild, souriant intérieurement du clin d'œil du nom.

La propriété des Bentz était de l'autre côté du parc de Montford, partie résidentielle de la ville où, par hasard, ses parents avant la guerre avaient acheté la leur.

Pas tout à fait par hasard, se rappelait Walter. Sa mère lui avait dit que quand, jeunes mariés, ils s'étaient installés, elle avait voulu habiter près du grand jardin municipal pour pouvoir y promener facilement ses enfants et rester tout de même à proximité de la boutique.

Il poussa la grille du parc des Bentz. Ici, dès que quelques arbres étaient plantés, on passait vite du titre de jardin à celui de parc.

Il remonta l'allée gravillonnée qui menait à la double et solide porte qui fermait la propriété du Dr Bentz, chirurgien des yeux réputé, et qui opérait dans sa propre clinique, payée avec l'argent de sa femme.

Le médecin l'accueillit avec cordialité.

— Entrez, mon cher, entrez. Pas chaud, aujourd'hui, hein ?

Il s'effaça et Walter pénétra dans le hall dallé de carreaux blancs et noirs où s'ouvraient trois portes correspondant au salon-salle à manger, bureau et bibliothèque.

— Laissez-moi vous débarrasser.

— Je vous ai apporté cette bouteille qui devrait, j'espère, s'accorder à votre goût.

— Un Mouton-Rothschild 1947, diable, mon cher, vous me gâtez !

Bentz était un viveur et ça se voyait. Il faisait davantage que sa petite cinquantaine. Il avait conservé en partie ses cheveux qu'il peignait avec une raie sur le côté, à l'américaine, et n'aurait pour rien au monde dissimulé ses tempes grisonnantes. De taille moyenne, il s'efforçait de garder une silhouette jeune et s'habillait en conséquence. Le détail qui trahissait la faiblesse que ses proches lui connaissaient était l'inconsistance de sa bouche et de son menton, qui ressemblait à une boule mal définie.

— Donnez-moi votre manteau, merci. Ah, que je vous prévienne, ajouta-t-il avec un sourire entendu. Le cousin de ma femme est... comment dire... jeune et enthousiaste. Il vient de prononcer ses vœux et a la foi du charbonnier. Alors, comme je vous sais moderne...

Bentz adoucit ses propos par un rire discret.

Walter hocha la tête.

— Ce qu'on appelle pureté à vingt ans devient fanatisme à quarante, souhaitons que ce jeune homme y échappe.

— Tout à fait de votre avis, dit son hôte en poussant la porte du salon, où Mme Bentz et son cousin s'entretenaient.

Walter s'inclina sur la main de la femme du chirurgien et serra celle du jeune abbé.

— Ravi.

— Duquel de vos avis parlait mon mari, Walter ? questionna Mme Bentz.

Dans une fausse familiarité, elle appelait les amis de son mari, et les hommes en général, par leur patronyme, alors qu'en réalité elle les craignait et les méprisait.

Walter sourit.

— Nous disions que la jeunesse est un état précaire auquel il ne faut pas s'habituer. Excepté bien sûr pour les jolies femmes.

Elle le fixa un bref instant et haussa les épaules.

De notoriété publique, Bentz l'avait épousée pour monter sa clinique. Non qu'elle fût laide ou contrefaite, au contraire, elle jouissait d'une grâce naturelle, mais dans leur milieu on la savait dotée d'un caractère qu'un beau-père incestueux et une mère complaisante avaient forgé en acier.

Elle avait accepté ce mariage en sachant que jamais son époux ne tenterait d'imposer sa loi. Que son ambition n'était pas de créer une autre famille absurde, mais de devenir le médecin le plus riche de la région. Ils n'avaient même pas eu d'enfants.

Walter s'installa sur le deuxième canapé, face à eux.

— Whisky, je crois, dit Bentz. J'en ai un excellent qu'un de mes confrères écossais m'a envoyé. Et vous, ma chère ? Et vous, Philippe ?

22

Ainsi, ce jeune curé aux lèvres serrées et au maintien rigide portait le prénom de l'ex-héros, sauveur de la France, devenu depuis indigne, mais que dans certaines familles on n'avait pu se résoudre à oublier.

Après la guerre, Walter avait croisé dans ses études des Charles et des Philippe qui, bien souvent, situaient les positions politiques de leurs parents.

— Un Dubonnet pour moi, et je crois que notre cousin prend de l'eau. N'est-ce pas Philippe, ou voudrais-tu goûter un peu de vin ? proposa Mme Bentz.

— Merci, j'en prendrai modérément pendant le repas. Pour l'instant de l'eau.

Bentz servit les apéritifs. Il accompagna Walter dans son choix.

— Alors, qu'en pensez-vous ? demanda-t-il en faisant claquer sa langue, raide, hein ?

Walter acquiesça.

— Il a un goût de tourbe très intéressant…

— De tourbe ? s'étonna Bentz, mais dites donc, vous êtes un vrai spécialiste ! (Il regarda sa femme.) J'aurais été bien incapable d'émettre une telle opinion.

— Me Walter est le notaire de notre ville, dit Mme Bentz à l'abbé.

— Un des notaires, rectifia machinalement Walter.

— Le seul qui compte, coupa Mme Bentz.

Walter la regarda. Elle était sérieuse.

L'autre étude, qui avait changé de tabellion l'année où Walter avait repris la charge de Noiret, n'avait jamais pu conquérir le cercle des familles possédantes pour la bonne raison que l'homme n'était pas du pays. Non seulement pas du pays, mais pied-noir.

Ce qui, dans les années de déprime que le pays vivait, suite à cette malheureuse guerre d'Algérie où les bougnoules avaient chassé les pieds-noirs que De Gaulle avait honteusement trahis, constituait la preuve et le reproche vivants de la défaite de la glorieuse armée française, dont un quarteron de généraux avait tenté en vain de sauver l'honneur.

La conversation se déroula ensuite selon le schéma bien ordonné qui permet à la bourgeoisie provinciale de se donner à peu de frais des airs d'audace, limités cette fois par la présence pesante du jeune corbeau qui parlait peu, mais écoutait, absorbé par la nourriture au point de ne regarder personne.

On commença par les spectacles parisiens que l'on critiqua sur la forme et sur le fond, parce que vous avouerez que même si l'on veut être moderne, on peut montrer les choses différemment et ne pas chercher à choquer. Ce Vilar qui veut faire venir le peuple au théâtre ! Provocation n'est pas raison, affirma Bentz.

On évoqua la politique, dont en réalité on dit peu de chose, ne sachant pas qui était devant soi, et habitué depuis toujours à cacher pour qui l'on votait. Et de toute façon, ça intéresse qui ?

Walter écoutait sans entendre. Il ne s'éveilla que lorsque le médecin l'interrogea sur l'opportunité de placer son argent dans la pierre, les biens mobiliers, ou toute autre affaire, concluant qu'il irait le voir à l'étude, car aujourd'hui, n'est-ce pas, c'était repos.

24

Bentz ensuite embraya sur sa famille venue là, après la guerre, la Grande, spécifia-t-il, comme si une hiérarchie existait dans la monstruosité.

— Mon père s'est immédiatement senti concerné par la marche de la municipalité, déclara complaisamment le chirurgien. Il disait que c'était le devoir d'un homme responsable et instruit.

Walter ne lui rappela pas que ses parents vendaient des galoches sur les marchés mais qu'effectivement, son père, à force d'insister, s'était dans un premier temps fait élire adjoint au maire.

— Mes parents ont bien connu les vôtres, mon cher Walter, renchérit Mme Bentz. Ma mère, je me souviens, nous emmenait choisir dans le magasin de vos parents le tissu qui servait à confectionner nos robes et même nos uniformes de pensionnaires... Je revois cette boutique comme si c'était hier, ajouta-t-elle pensivement.

Walter sentit la gêne de l'époux et s'en amusa. Pourquoi l'invitaient-ils ? Ce n'était pas confortable pour des gens comme eux. Ils devaient sans cesse prendre garde à ne rien dire qui puisse ouvrir sur le passé.

À sa mémoire affleura le souvenir couleur sépia de ces petites pestes enrubannées qui couraient entre les rayons, mollement retenues par une mère incolore et sans pouvoir.

Le jeune curé n'ouvrit pas davantage la bouche à la cérémonie du café et des alcools que pendant le repas. Bentz s'était inquiété pour rien. L'abbé au teint jaune semblait plus fait pour la prière que pour la polémique.

Il demanda peu après la permission de se retirer et serra d'une main molle et distraite celle de Walter. Mme Bentz le raccompagna et, resté seul avec son invité et sirotant un cognac vieilli, Bentz demanda, comme en se jetant à l'eau :

— Qu'est-ce qui vous a décidé à revenir ?

Walter ne répondit pas tout de suite, s'amusant à épier dans le ventre de son verre bombé les reflets caramel.

— Je suis né ici, laissa-t-il tomber.

— Certes.

Il y eut un moment de silence.

— Mais vous avez fait vos études en Suisse, je crois, et aussi en Angleterre... vous deviez avoir de meilleures perspectives que celles de reprendre l'étude de ce cher Noiret. Non que je m'en plaigne, le pays se sclérose et dégénère à cause de cet inceste social que chacun entretient. Moi qui vous parle, je soigne les familles sur trois générations ! Vous vous rendez compte ? Je retrouve les mêmes tares chez le petit-fils que chez le grand-père ! Mais un homme comme vous, jeune, entreprenant, qu'espérez-vous à faire carrière ici ?

Walter finit son cognac à petites gorgées gourmandes.

— Vous en voulez ? proposa aussitôt le médecin en élevant la bouteille décorée de médailles et d'étoiles comme un général soviétique.

— Non, merci. Pourquoi je suis revenu ?

Il regarda le médecin avec un sourire.

— D'après vous, Bentz, pourquoi ?

Le médecin sentit son visage s'empourprer.

— Pourquoi ? Mais… j'imagine, parce que vous vous sentez chez vous… c'est bien naturel.

Walter eut un léger sourire.

Dans la tête de Bentz s'inscrivait une algèbre remplie de plus et de moins. Son père, maire pendant la guerre. Plus ? Moins ? Comment savoir les calculs du notaire ?

— C'est vrai que vos parents avaient bien réussi pour… Ils étaient de toutes les fêtes, et très appréciés. Tiens, je me souviens des gâteaux de votre mère ! Vous savez, ceux que les mamans confectionnaient pour la fête de l'école. Et votre père, toujours très poli, très élégant… ah ! je m'en rappelle bien ! c'est drôle comme on garde ses souvenirs de môme…

Bentz força son rire. Walter ne répondit pas, et une bouffée de haine à son endroit secoua le chirurgien. Qu'est-ce qu'il s'imaginait ce connard, qu'on allait s'aplatir devant lui ? Dérouler le tapis rouge pour le retour de l'enfant prodigue ? Qu'est-ce qu'il était revenu foutre ici ?

Il se leva, alluma un gros cigare. Sa femme n'avait pas reparu. Elle se débinait comme les autres. Elle avait pourtant été d'accord pour l'inviter. C'est même elle qui l'avait proposé.

Il tendit à son hôte le coffret de cèdre où reposaient les Davidoff qu'il se faisait envoyer à grands frais de Genève.

— Merci, dit le notaire en portant à ses narines un cigare bagué. Torpédo Churchill, vous êtes connaisseur, mon cher.

— On essaye, on essaye, répéta Bentz en tendant son coupe-cigares à son hôte.

— J'ai le mien, merci.

Ils tirèrent en silence les premières bouffées.

— Bon arôme, apprécia Walter au bout d'un moment. Corsé.

— Oui. J'aime bien, approuva Bentz.

Il s'assit face au notaire.

— Au fait, c'est bien vous qui vous occupez de la succession du Magasin National, où ça en est ?

— Ça va se signer.

— Belle affaire, reprit pensivement le médecin, quelle tristesse que ces pauvres gens soient morts sans héritiers.

— Nous avons retrouvé les héritiers, corrigea doucement Walter.

— Je veux dire des héritiers directs. La mairie, par chance, a pu faire marcher l'affaire et donner à certains du travail au moment où on en manquait cruellement.

— La mairie, nommée gérante par l'occupant dans le cadre de l'« aryanisation » des entreprises juives, rappela Walter. Un des rares cas où une personne non physique l'ait été.

— Oui, oui, quelle tristesse !

— D'autant que la justice ne s'est pas pressée de faire rendre aux ayants droit ce qui leur revenait...

— Oui, effectivement. Mais tant que personne ne s'était présenté... d'où viennent les héritiers ? On dit qu'ils sont Américains. Vous savez qui les a cherchés et retrouvés ?

Walter fixa son hôte.

— Des gens de mémoire, essentiellement. Les recherches ont été si longues et si coûteuses que pour une autre raison, le jeu n'en aurait pas valu la chandelle. Du sang neuf, en tout cas, comme en réclamait Saurmann qui se plaignait comme vous de la sclérose et de l'assoupissement de la région.

Bentz haussa les épaules. Du sang neuf, si l'on veut. Si les héritiers conservaient l'affaire en état, il y aurait juste les bénéfices qui changeraient de poche. On disait aussi qu'ils ne viendraient même pas pour voir leur héritage. Que c'étaient des grossiums de New York qui allaient inonder le pays avec leurs pantalons bleus de vacher que tous là-bas portaient, du plus pauvre au plus riche !

— Je vous remercie de cet excellent déjeuner, dit Walter en se levant. Vous saluerez Mme Bentz pour moi.

— Je ne sais pas où elle est allée, s'excusa le médecin. À mon avis, elle a raccompagné le cousin au séminaire. C'est une vraie mère poule !

Il reconduisit son invité, l'aida à enfiler son pardessus et lui tendit son chapeau.

— Nous avons été très heureux de vous revoir, déclara Bentz. Au début, c'est vrai, ça nous a fait drôle, normal, après tant d'années… mais vraiment c'est bien quand on voit les gens revenir au pays. Ça rajeunit !

Walter lui serra la main en souriant.

— On n'a pas tous envie de rajeunir.

Il descendit l'allée en remontant le col de son manteau. Une neige fine et collante s'était mise à tomber, assombrissant davantage la fin d'après-midi. Il referma la grille et se retourna. Bentz était resté sur le pas de la porte.

Il enfonça les mains dans ses poches et allongea le pas en frissonnant.

Ses parents avaient-ils eu le temps d'avoir froid ?

— Au revoir Philippe, j'espère que ce déjeuner vous a distrait.

— Je vous remercie, il était excellent quoique je ne sois pas un grand gourmand. Votre invité m'a paru – comment dire – assez mystérieux.

— Il l'est. Il est revenu récemment au pays.

— Il est... Israélite ?

— Oui, vieille famille du coin.

— Mais il n'y a pas de temple à proximité, comment fait-il pour vivre sa religion ?

— Je l'ignore, mais je ne pense pas que ce soit un problème pour lui. Ses parents étaient, je crois, comme on disait à l'époque, libres penseurs.

— Tiens ! Je croyais ce peuple attaché à ses traditions.

— Rentrez vite ou le Père abbé va vous infliger quelques neuvaines.

Le jeune prêtre eut un rire léger.

— Oh, il n'est pas si sévère, il faut juste être à l'heure. Je vous remercie encore ma chère Paula, j'ai vraiment passé un bon moment en votre compagnie.

Ils se serrèrent la main et le frère tourier ouvrit la porte du couvent quand Philippe tira la chevillette.

Paula lui fit signe avant d'embrayer et de reprendre la route du village. La route s'élançait, morne et sans attrait devant elle, comme sa propre vie.

Elle repensa à Walter. Pourquoi était-il revenu ? Il avait sûrement mieux à faire. Il était instruit, jeune, beau garçon, son arrivée avait suscité bien des commentaires. Pendant un temps les conversations dans les dîners avaient tourné autour. Certains s'étonnaient qu'il ait survécu, tout en s'en félicitant. On évoquait pour lui le mal du pays, ce qu'elle-même avait peine à croire. Elle connaissait mal son histoire familiale, savait seulement que sa famille avait été déportée et n'était jamais revenue.

Qu'était-il venu chercher dans cette région froide et refermée sur elle-même ? Des souvenirs, une nostalgie ? Ou plus simplement reprendre ce qui lui appartenait ? Qui l'avait élevé, qui s'était occupé de ses études ? Elle avait appris, avant qu'il ne revienne, qu'une stèle de pierre avait été érigée dans le cimetière municipal en mémoire de ses parents et de l'autre famille juive du bourg.

C'était son beau-père qui leur en avait parlé, parce que la municipalité avait dû consacrer un coin du cimetière communal à la foi hébraïque.

Il avait fallu une réunion du conseil municipal, assez houleuse, pour qu'un rabbin de la ville voisine soit appelé à venir bénir le carré dégagé près du mur nord.

D'après son beau-père, tout s'était fait par lettres adressées par un avocat de Paris. Elle se souvenait que le vieux Bentz avait maugréé parce que le cimetière, déjà trop petit, n'avait pas besoin qu'on l'ampute pour y creuser des tombes vides. Elle ne s'était pas mêlée de la conversation entre lui et son fils, assez d'accord, bien que celui-ci ait fait remarquer que le travail de deuil se faisait mieux quand on savait où reposaient les siens.

« Mais justement, il ne le sait pas ! les Juifs ont été dispersés et brûlés dans la moitié de l'Europe ! s'était-il emporté. Si on devait construire des mausolées dans chaque village, il n'y aurait bientôt plus de place pour les nôtres ! »

Paula Bentz s'arrêta un moment au bord de la route en laissant tourner son moteur. Elle aimait son bruit rond qui devenait pétaradant dès qu'elle le sollicitait. Elle aimait la vitesse, savait que parfois elle prenait des risques. S'en moquait, mieux, les recherchait. Enfin, ça c'était avant. Avant que sa vie prenne cette couleur arc-en-ciel que l'on dit être celle du bonheur. Son cœur se serra à cette évocation. Tant d'obstacles, tant de chausse-trappes entre elle et ce bonheur. Mais elle saurait les vaincre parce que, pour la première fois, elle ne se battrait pas à cause de sa rage, mais pour l'amour.

L'amour. Comment osait-elle prononcer ce mot qui, s'il était entendu, la mettrait aussitôt au ban de cette société qu'elle haïssait parce que, tels les empereurs romains, elle pouvait décider d'un simple geste de la vie ou de la mort. Peut-être pas la vraie mort, mais la mort sociale, qui peut vous laisser plus seul et démuni que le pire indigent.

Oui, comme ce Walter revenu du passé, elle devrait se battre.

Saurmann referma sèchement le dossier et se leva. Dans la cour ferraillait le Fenwick. Il appuya le front contre la vitre, laissant monter sa colère. Quelle garce !

Les mains enfoncées dans les poches de son pantalon, impuissant à englober son ventre, il se mit à marcher de la fenêtre à la porte.

Si ça se trouve, elle s'est fait sauter par toute l'usine et me fait porter le chapeau !

Il abandonna cette idée démoralisante pour son ego. Même dans la merde, il voulait être le premier.

La veille, alors qu'il s'apprêtait, dans sa belle Mercedes dissimulée dans un chemin creux, à ahaner entre ses jambes, Martine Tranchant, surveillante de nettoyage à la conserverie, lui avait appris qu'elle était enceinte de ses œuvres.

Sa superbe, si l'on peut dire, était tombée d'un coup. Il l'avait regardée, espérant contre toute raison qu'elle plaisantait, mais ses yeux remplis de larmes l'avaient convaincu.

— Non, mais… tu prends pas tes précautions ?

Elle avait éclaté en sanglots.

Il s'était redressé avec rage, l'avait repoussée contre la portière. La conne ! Déjà qu'il avait fallu la supplier ! C'était ça qui l'avait excité au début.

Une chômedue, fille de chômedus envoyée par le bureau de placement et qui avait le cul plus serré que le chignon. Non, mais je vous demande un peu ! Il lui avait mis le marché en main. C'était ça ou la porte ! Elle avait cédé, bien sûr, et il s'était vite lassé.

Il fit venir le contremaître qui était là depuis avant le déluge. Un chafouin plus près du manche que de la cognée et que les ouvriers n'aimaient pas.

— Monsieur ? dit l'homme en ôtant sa casquette.

Saurmann le regarda un moment, histoire de l'évaluer.

— Qu'est-ce que vous pensez de Tranchant ?

— Vous voulez parler de celle du nettoyage ?

L'ambigu se donnait du temps.

— Y en a d'autres ?

— Son frère, au Fenwick.

Il l'avait oublié, celui-là.

— Bien sûr, celle du nettoyage.

Le contremaître haussa les épaules, ne sachant que dire.

— Oh, elle fait bien son boulot, apparemment.

— Donnez-lui son compte.

Le contremaître retint son souffle. Mince, sale affaire ! Avec ces débrayages un peu partout, c'était pas le moment de provoquer le personnel. Et on saurait vite pourquoi. À la pause du midi, des ouvrières avaient évoqué devant lui en rigolant

34

le droit de cuissage. Il avait fait comme s'il n'entendait pas. C'était pas ses oignons.

— Ben, c'est-à-dire... les syndicats...

— Quoi, les syndicats !

— Ben... y pourraient bien y fourrer leur nez et déjà qu'on n'est pas en avance dans les commandes...

— J'en ai rien à branler des syndicats ! J'avais l'intention d'annoncer une prime, ça les fera taire. Virez-la !

Le contreu tira la gueule malgré lui. C'était quand même raide, cette histoire. On est peu de chose, tout de même. Ça le conforta dans son idée qu'il valait mieux se trouver près du pot de fer que du pot de terre.

Par provocation, Walter gara sa voiture presque devant le clandé. Il savait que les autres visiteurs se tapaient une bonne trotte à pied avant d'entrer. Même si l'accueillante maison passait pour avoir de la classe, ça restait tout de même un bordel.

Il sonna et une tête apparut au judas.

— Oui ?

— J'ai rendez-vous, dit Walter.

La porte s'ouvrit sur un type costaud à moustaches de Gaulois, habillé de sombre.

— Entrez, tout droit.

Il poussa une porte qui donnait accès à un salon rond, tendu de velours or à ramages, meublé de canapés rouges, de guéridons Art déco qui portaient des lampes Tiffany ou Majorelle, des sculptures en Daum, des vases Lalique. Les meubles en loupe d'amboine, les tapis anciens, les fers forgés, les tentures irisées, les coussins profonds conféraient à ce salon le luxe trouble des grands lupanars de la Belle Époque, où se perdaient les réputations des hommes politiques et où s'échangeaient les secrets d'État.

Ce claque, qui avait non seulement survécu mais prospéré pendant la guerre, était dans cette ville terne, et frontalière avec les Huns, un diamant dans la boue.

Le commerce de la cuisse y avait attiré les enrichis de la dernière guerre et les trafiquants du plan Marshall. Les hommes de Pierrot le Fou y avaient côtoyé ceux de Borniche. À présent y venaient les présidents des conseils d'administration, leurs fils et leurs gendres, les députés locaux et leurs obligés, les fournisseurs de l'État qui avaient la malchance d'habiter cette cité de casernes et de garnisons.

Les filles étaient sélectionnées autant pour leurs bonnes manières et leur discrétion que pour l'imagination dont elles devaient faire preuve.

— Bonsoir, monsieur.

Celle qui le reçut avait la classe d'une duchesse et l'allure d'un mannequin international.

Walter se dit que Deninger ne l'avait pas trompé.

— Je viens de la part d'un ami, dit-il en allumant une Camel.

— Je suis à votre disposition, répondit-elle en le précédant dans une pièce séparée de la première par des tentures de velours, drapées comme un rideau de théâtre, et où se trouvait un bar en acajou et cuivre décoré de hublots, derrière lequel se tenait un barman.

— Que désirez-vous boire ? demanda la jeune femme.

— Puis-je savoir qui vous êtes ? s'enquit Walter.

— Je m'appelle Sophie-Anne et je dirige cet établissement. Champagne ?

— Non, Whisky. Irlandais, si vous avez.

— Quatorze ans d'âge, monsieur, distillé dans le comté de Connemara, annonça le barman en posant devant lui une bouteille du liquide ambré.

— Puis-je vous en offrir ? demanda Walter à Sophie-Anne.

— Je crains que non, monsieur. La politique de la maison n'est pas de faire consommer le client mais de le satisfaire. Vous êtes venu envoyé par quelqu'un ?

— Le Dr Martin.

— Le Dr Martin… ?

Walter saisit une lueur d'amusement dans les yeux noisette de la jeune femme, et sentit monter une bouffée de désir.

— Il vous a recommandé une de nos hôtesses ?

— Oui, mais je ne suis plus certain d'avoir envie de suivre ses conseils. J'aime bien découvrir par moi-même…

— Puis-je savoir qui il vous a recommandé ?

— C'est sans importance. Si vous me le permettez… c'est avec vous que j'aimerais passer cette soirée…

— J'en suis très flattée, mais ce n'est pas possible. Mes fonctions ici ne sont pas celles que vous attendez. Votre ami vous a donné le nom de la jeune femme ?

Walter soupira et eut un sourire contrit.

— Il ne m'a pas parlé de vous, il aurait dû.

Elle lui posa sur le bras une main légère.

— Quel est le nom de son amie ? Je vous dirai si elle est disponible. Dans le cas contraire, il vous faudrait en choisir une autre ou revenir.

Il se resservit un verre de whisky.

— Toujours pas ?

— Non, merci.

Il la regarda avec une moue contrariée.

— Ce n'est pas mon jour de chance. Bien, cette… cette jeune femme se nomme Pamela et elle est hongroise.

— Parfait. Pamela est présente ce soir et sera ravie de vous recevoir. Voulez-vous emporter la bouteille de whisky avec vous ?

— Pourrait-on se voir ailleurs qu'ici ? insista Walter en se penchant vers la jeune femme.

La voix se durcit.

— Je suis désolée, monsieur, vous ne m'avez pas bien comprise, je le crains. Je suis responsable gestionnaire de ce lieu, chargée de faciliter les contacts entre nos clients et nos hôtesses, rien d'autre. Alors, voulez-vous Pamela ?

— Je suppose que je n'ai pas le choix, soupira-t-il, allons voir Pamela.

— Je vais vous demander d'attendre quelques instants au salon et je vais faire prévenir votre amie. Elle viendra vous chercher. Si vous aviez besoin de quoi que ce soit ou si quelque chose ne vous convenait pas, je serais ravie que vous m'en fassiez part.

— Ça va, ça va, tout ira bien, dit Walter en allant s'asseoir avec sa bouteille dans le premier salon.

Pamela apparut peu après. Elle était blonde, grande avec une silhouette à la Jayne Mansfield.

Walter se dit que le dentiste ne se refusait rien, bien que son goût ne soit pas celui-là. De quel goût d'ailleurs s'agissait-il ? Il avait aimé une fois, et bien sûr ça s'était mal terminé. Depuis, les amours tarifés lui convenaient parfaitement, mais pas ce soir.

Pamela le conduisit dans sa chambre qui, comme le reste de l'établissement, était luxueuse. Elle accepta le whisky mais but modérément. Elle crut son client à problèmes et entreprit de les résoudre. Elle se déshabilla et Walter la trouva sexy. Puis elle lui ôta ses vêtements et s'occupa de lui. Il se laissait faire comme s'il était chez le coiffeur et il pensa qu'elle devait le trouver ennuyeux. Elle fut parfaite, comme une pro qu'elle était.

Quand ce fut fini, il se rhabilla et apprécia qu'elle reste à parler et à fumer avec lui.

Deninger lui avait indiqué le tarif, et il laissa en partant les liasses sur le guéridon, augmentées du prix approximatif de la bouteille de whisky.

— Vous reviendrez ? demanda Pamela.

— Je reviens toujours, répondit-il.

Il marchait d'un pas balancé, un mégot coincé entre les lèvres, vêtu d'un imper et d'un feutre à la Bogart. Il était détective.

Il rencontra son client dans un bistrot-épicerie sur le canal, si lamentablement triste qu'y entrer vous tirait les épaules.

Walter l'invita à s'asseoir.

— Drôle de coin, dit le faux Bogart. On se croirait dans un Maigret…

Walter hocha la tête.

— Où en êtes-vous ?

— J'ai réussi à me faire communiquer les procès-verbaux des réunions du conseil municipal de l'année 1943. C'est bien Bentz qui a fait office de maire pendant toute l'année. Le maire titulaire avait été envoyé au sanatorium pour tuberculose.

— Et les autres ?

Bogart secoua la tête et tira un calepin de sa poche.

— Au conseil qui vous intéresse, ils étaient cinq. Pour des raisons diverses, trois manquaient. Les présents étaient Bentz, Saurmann, Deninger, Perchu et

Wagner. Perchu, le receveur des postes, a quitté la région en 1950 ; Wagner est mort écrasé par son tracteur tout de suite après la guerre. De toute façon, ni l'un ni l'autre n'avaient voix au chapitre. Bentz et Saurmann se sont nommés gérants pour les deux affaires en tant que personnes physiques représentant la mairie.

— Et Deninger ?

Le détective fit la moue.

— Il n'était qu'assesseur, mais il a voté. Par décision du conseil, il a été chargé de gérer l'affaire de vos parents.

— Je sais.

Walter regarda autour de lui. Derrière le comptoir, le patron essuyait machinalement ses verres en parlant avec un client. Des ouvriers en casquette et bourgeron discutaient des dernières décisions du gouvernement concernant des licenciements chez Renault à Billancourt, et estimaient que De Gaulle avait eu raison de quitter l'OTAN.

Avec la réclame jaunie du Clacquesin accrochée derrière le comptoir, l'antique machine à café, le bistrot éclairé chichement d'ampoules coiffées d'abat-jour en verre opaque, le mobilier bon marché, ces hommes habillés comme leurs pères et revendiquant comme eux dans les mêmes termes et avec les mêmes rancœurs, il semblait à Walter que le décor s'était figé et ressemblait à ce mois de février 1943, l'année où il devait passer son bac, fierté de ses parents d'être le plus jeune candidat du canton.

42

Février 1943. Les nouvelles des différents fronts sont alarmantes selon les jours et selon la clarté d'audition de la BBC. La France est entièrement occupée. L'Europe, violée, souillée, les Juifs sont pris dans la nasse. L'Union soviétique, envahie, résiste à Stalingrad. Seule lueur d'espoir dans ces ténèbres, le récent débarquement allié en Afrique du Nord, mais en même temps la victoire de Rommel sur les Américains à Kasserine.

Cependant, les vociférations de plus en plus haineuses des collabos sur les ondes et la sauvagerie accrue des Allemands indiquent, d'après son père, que la panique a saisi leurs bourreaux et que l'on se rapproche de la fin du cauchemar.

Pauvre papa, qui jusqu'au bout aura voulu se montrer optimiste pour ne pas affoler les siens, et revendiquait, avec une feinte confiance, son statut de citoyen français et d'officier.

Sa mère n'était pas dupe : lorsqu'on était connu pour être le petit-fils d'un rabbin de Strasbourg, on a beau être le fils d'un héros de la Grande Guerre et le neveu d'un juge respecté, avoir abandonné la carpe farcie au profit de la choucroute, apprécié Proust davantage que Martin Buber, chanté que mourir pour la patrie est le sort le plus beau, il n'en reste pas moins que chaque minute apporte son lot de dangers.

Alfred Walter ne voulait pas le savoir. Alfred Walter ne voulait pas admettre, contre l'avis de sa femme, que faire crédit à tout un bourg était risqué.

Mais comment le deviner quand on est un homme confiant, que depuis toujours sont venues chez vous les femmes des bourgeois, des fonction-naires, des employés, que vos enfants jouent avec les leurs, que vous êtes un donateur apprécié de la caisse des écoles, des associations de malades, des militaires et des bonnes d'enfants ?

Qu'avait-il pensé quand on était venu le cher-cher, lui, sa femme Simone et leur fille Suzanne, pour les jeter à peine habillés dans un camion bâché, brutalement poussés par ces Français, héros d'un jour, sous le regard des voisins embus-qués derrière leurs persiennes et dont pas un ne protestera ?

S'était-il reproché à cet instant d'être un sinistre imbécile, d'avoir sacrifié la vie des siens à sa cré-dulité et à son besoin d'être aimé ?

Comment aurait-il pu savoir que la veille, dans la salle des mariages de la mairie, sous le regard pater-naliste d'un vieillard indifférent et sénile dans son cadre jauni, les édiles avaient décidé la mort des deux familles juives que comptait le bourg ?

C'est l'amour qui avait sauvé le fils Walter. Un amour timide et passionné pour la sœur d'un de ses copains de classe, une adolescente fragile et têtue dont les petits seins qui perçaient son chan-dail lui asséchaient la gorge. Il l'épouserait quand il serait grand, il l'aimerait et ils habiteraient une grande maison, avait-il décidé.

— Que comptez-vous faire, monsieur ? demande le détective.

Walter, tiré de ses songes, le regarde l'air absent.

— Je ne sais pas.

Derrière le comptoir, le bistrotier fait des ronds sur le zinc avec sa lavette sale et tend l'oreille vers eux. Ces deux-là ne sont pas de sa pratique. Pardessus et chapeaux, alors que les « siens » sont plutôt vareuse et casquette.

— Ces recherches ont coûté cher, reprend « Bogey ».

Walter sourit. Si dans la vie n'existaient que des problèmes d'argent...

— J'ai les photocopies des procès-verbaux, ajoute le détective qui est fatigué et a froid aux pieds.

Le gros fric, c'est son patron qui l'a touché. Lui a juste cavalé à droite et à gauche, posé des questions. Il s'est fait rembarrer plus souvent qu'à son tour, mais c'est un autre plus jeune qui est parti chez les Ricains. Putain, ce Walter, il est froid comme un colin ! Impossible de savoir ce qu'il pense !

— Merci, dit Walter en tirant une enveloppe de la poche intérieure de son pardessus, vous avez bien travaillé, voici une prime pour vous.

« Bogey », ahuri, voit pour la première fois le type sourire. Et c'est comme si un coup de projo éclairait une grotte sombre. Il prend l'enveloppe d'une main hésitante et pousse vers lui la chemise qui contient les P.-V.

— Fallait pas, j'ai fait que mon travail...

Walter lui tend la main.

— Sauvez-vous, vous avez une longue route jusqu'à Paris, encore merci.

Le détective se lève et lui serre la main.

— Ben merci... si vous avez encore besoin...

— D'accord.

Il sort en saluant au passage le patron du bistrot. Les autres le regardent partir.

Dehors il fait froid et humide et le pavé est gluant. Sa R9 l'attend. Il monte, fait demi-tour. À cause de la brume on ne voit plus l'autre rive du canal pourtant proche.

Derrière les rideaux de fausse dentelle qui pendent sur les vitres du café, il aperçoit son client assis dans la même attitude songeuse.

Il frissonne, embraye. Il a besoin des lumières de la capitale.

Walter a une position en or. Qui mieux qu'un notaire reçoit les confidences et connaît la situation exacte de chacun ?

Il l'a compris très tôt, ou est-ce le hasard qui lui a fait choisir cette profession ? Dans la pension de Lausanne où le Fonds Social juif pour l'Enfance l'a envoyé après la guerre, il a eu tout le temps de penser. Combien de fois a-t-il changé de foyer d'accueil au point d'en oublier certains ? Devenu adolescent, c'est le *Joint Comité* américain qui l'a pris en charge et payé ses études. Avoué, puis notaire, le désir de revenir l'a saisi tard. Il voulait oublier cette nuit où des hommes en uniforme de la Milice cognaient et hurlaient à la porte des siens.

Il avait quitté tard la maison de son amie et coupé à travers bois, craignant que ses parents ne s'inquiètent de son absence.

Presque arrivé, il s'était immobilisé à l'orée de la route, surpris du remue-ménage et des cris. Devant chez lui, un camion et une voiture étaient arrêtés.

Des lumières qui s'allument, son père effaré qui apparaît à la fenêtre ; la porte qui cède sous les bottes ; la cavalcade des miliciens, les cris de sa mère, les pleurs de Suzanne arrachée à son lit. D'autres fenêtres alentour qui s'éclairent, des bustes qui se penchent. Son père à moitié habillé jeté hors de chez lui et qui tient serré contre lui sa femme et sa fille.

Des ordres brutaux, des injures, des coups, un nervi qui veut s'emparer de Suzanne, sa mère qui s'accroche à son bras en hurlant, son père jeté à terre, et Toby, son petit fox blanc masqué de noir comme Fantômas et qu'un soir son père lui ramena dans une boîte à chaussures, qui sautait en aboyant pour défendre les siens et qu'un milicien a assommé d'un coup de crosse.

Puis ses parents poussés, soulevés, frappés, jetés dans le camion qui avait démarré suivi de la « 15 citron » où s'étaient engouffrés les assassins. Les voisins qui observent, haussent les épaules et referment les croisées.

Il ne sait pas combien de temps il est resté à l'abri du mélèze. Peut-être toute la nuit, peut-être quelques minutes.

Il n'est revenu chez lui, affamé, que la nuit suivante. Toute la journée, il a suivi l'effervescence près de la mairie. Il a vu partir ses parents et les gens du Magasin National. Neuf personnes en tout. Un officier allemand et trois soldats sont venus en prendre livraison. Le chef des miliciens a plaisanté avec eux et est reparti avec ses hommes. À dix-sept heures, la place de la mairie avait retrouvé son calme.

Il est rentré chez lui par le grenier. Il grelottait de froid, de peur et de chagrin. Il a dormi sur le plancher, couvert d'une bâche qui traînait là. Il est resté trois jours, descendant à la cuisine boire et manger ce qu'il y avait et espérant de toutes ses forces voir revenir Toby qu'il voulait serrer contre son cœur pour se réchauffer. Mais le petit chien était mort.

Il a vu les voisins venir et regarder ; puis un, plus hardi, s'est décidé à forcer la porte de la boutique, et avec d'autres, a emporté le mobilier et le peu de marchandises qui se trouvaient sur les rayons.

Il les a entendus parler de lui qui avait disparu. On ne savait pas où, et on s'en moquait.

Il n'a pas pleuré une seule fois. Quand les Deninger ont emménagé au bout de deux semaines avec l'autorisation de la mairie, il est parti en emportant avec lui les pièces anciennes, que son père, collectionneur-numismate, avait cachées sous une lame du plancher en prévision, leur avait-il dit, d'un malheur. Il l'avait prévu, mais pas assez.

Il est arrivé à Strasbourg où il a vécu jusqu'à la libération de la ville, caché dans les niches creusées dans les remblais du fleuve.

Il a trafiqué, vendu ses pièces une à une à un receleur qui travaillait pour les Allemands mais qui ne l'a pas dénoncé. Il s'est battu avec les FFI quand Leclerc a délivré la ville, et puis le *Joint Comité* l'a recueilli et l'a envoyé en Suisse.

Devenu majeur il a, avec l'aide du *Joint*, intenté un procès à la municipalité pour récupérer ses biens. Un procès long et coûteux qu'un oncle lointain, avocat, a gagné. Mᵉ Noiret lui a trouvé des locataires pour la maison et le commerce, et un jour il est revenu.

Et durant toutes ces années il a revécu nuit après nuit son cauchemar. Son psy lui a dit qu'il ne voulait pas oublier, et c'était vrai.

Pas oublier Suzanne, blonde et dorée, douce comme un sucre. Pas oublier sa mère et son amour perpétuellement inquiet, pas oublier son père qui savait transformer en jeu les peurs de ce temps.

Pourtant, il lui en voulait de s'être laissé berner, de ne pas avoir cru le commissaire de police qui voulait leur éviter le port de l'étoile jaune, « l'étoile du shérif » avait plaisanté son père, et les avait prévenus de se méfier et de fuir.

« Je ne suis pas un lâche, avait répliqué son père, on n'abandonne pas son pays dans la défaite ! »

De rage, il avait oublié son appartenance ; de honte, il s'était détourné de son peuple. Mais il s'était donné un but : retrouver les assassins de ses parents.

Revenu, il avait apaisé les craintes pour mieux s'introduire. Déclaré vouloir oublier le passé pour mieux préparer l'avenir. On respira. Tout était pour le mieux, on pouvait refaire des affaires et revivre ensemble. Jusqu'à la prochaine fois.

Dans une génération, on aurait tout oublié.

L'information passa en première page parce que ça concernait une fille du pays. On avait retrouvé noyée Martine Tranchant.

À l'autopsie on découvrit, avec effarement pour certains, sans surprise pour d'autres, qu'elle était enceinte. Son geste désespéré s'expliquait.

Laminée par la honte comme elle l'avait été toute sa vie par la pauvreté, la famille Tranchant se replia sur elle-même.

On ne rechercha pas le géniteur. Seul son jumeau, front têtu et poing serré, hurla sa rage dans le vide.

Dans la salle où le Skaï marron a remplacé sur les banquettes la moleskine lie-de-vin et les néons, les appliques en verre tourné, Walter déguste son whisky vespéral. D'autres, suivant son exemple, se sont mis à la boisson yankee, et à présent le patron en offre trois marques différentes.

Ce soir, il est invité à dîner chez le député local. Un grand flandrin sur lequel mise son parti parce qu'il ne fait pas de vagues. Courroie de transmission entre Paris et sa région, il ronronne, flatte, rassure.

Le Dr Bentz lui a déclaré que le député voudrait de lui en second de liste. Un notaire, ça fait sérieux. Et puis on le sait apolitique.

Bentz, Saurmann, Deninger, les fils. Il en sait sur eux, bien que ce ne soit pas ceux-là qui l'intéressent.

Par exemple, il sait qu'à l'insu de son époux, Mme Bentz a vendu les parts qu'elle possédait dans la clinique à un laboratoire pharmaceutique de Bonn, mettant son sémillant chirurgien de mari en minorité.

Que le domaine viticole des Deninger, grevé d'hypothèques, ne tient que par la mansuétude des créanciers dont Me Walter gère les créances, et qu'à ce souci majeur s'est ajouté celui d'un fils morphinomane et suicidaire, ramené in extremis deux fois à la vie.

Le détective que Walter a engagé a fait du bon travail en photographiant Saurmann en compagnie de la jeune Tranchant, sortant d'un hôtel à Colmar. Les précieux clichés sont à l'abri dans son coffre.

Pour les pères, il faudra attendre.

Le vieux Bentz jouit toujours dans le pays du prestige d'avoir protégé son bourg de l'armée allemande. De quelle manière ? En livrant les maquisards et les Juifs. Il est invité dans les banquets innombrables où son expérience et sa sagacité sont précieuses, honore de sa présence nombre de comités d'honneurs, est président de la Société de chasse. On pense sérieusement à lui pour un siège de sénateur. On lui connaît une seule passion à part la politique : les roses, dont il est devenu un spécialiste reconnu.

Walter marche à grandes enjambées dans l'avenue de la République, comme un qui reconquiert une terre familière. De loin, le pharmacien qui a repris la Pharmacie Normale, un pied-noir comme le nouveau notaire, le salue de la main. Il est brun et souriant. Il est arrivé en 1959 alors que claquaient à Alger les bombes de l'OAS.

Il a débarqué avec sa famille qu'on a trouvée immédiatement un peu bruyante, et remplacé l'apothicaire qui depuis un demi-siècle avait soigné les plaies et les bosses et distribué cataplasmes et thermomètres à sa clientèle discrète et blonde.

Il a changé la façade en bois peint en marron par une nouvelle en glace et une porte « Securit ». Installé dans la vitrine des cyclorameurs et des sangles amaigrissantes, et sur les nouveaux rayonnages en Formica blanc, substitué aux vieux bocaux de verre contenant des racines et des curiosités, des produits de beauté et de santé aux noms américains dont les femmes raffolent.

Il a néanmoins fallu du temps pour qu'on lui pardonne son accent « merguez » et ses cheveux noirs et drus.

L'aiguille de l'horloge murale vient de se hisser sur le huit, et Walter fait signe au garçon qui attend nerveusement que partent les derniers clients pour fermer plus tôt à cause d'un match de foot qui oppose le bourg à son voisin. Troisième division, c'est déjà pas si mal.

Walter se lève et sort. Il a juste le temps de passer prendre chez le fleuriste les fleurs qu'il a commandées.

La *Polyantha* savait comme ses sœurs, sans doute, que c'était le moment où les doigts gourds mais aimants de M. Bentz allaient écarter ses pétales comme ceux d'une vulve nubile ; les caresser, les respirer, les frôler de ses lèvres vieillies, et soudain, clac ! couper sa vie d'un coup de sécateur.

Bentz père se redressa en deux temps comme on le fait passé un certain âge, que vous ayez ou non courbé l'échine durant votre vie.

Il contempla avec un sourire d'orgueil satisfait les rangées de ceps alourdis de grappes dorées qui s'allongeaient devant lui, jusqu'aux murs de pierres sèches qui délimitaient à l'ouest sa propriété.

Rien au monde ne le satisfaisait autant. Ses vignes et ses roses. L'odeur, le goût, le toucher, l'œil. Ses sens étaient flattés au-delà du plaisir. Les galoches étaient loin.

Nul ne viendrait déranger la vie d'active paresse qu'il s'était accordée. Pas même la perte de sa femme défuntée cinq ans auparavant, dans l'indifférence conjugale qui l'avait accompagnée sa vie durant.

Il entendit une voiture s'arrêter devant le portail. Le soleil de juin, jeune et vigoureux, l'obligea à plisser les yeux pour reconnaître l'arrivant qui poussait la pesante grille.

Appuyé sur sa canne, le père Deninger remonta l'allée.

— Par ici ! cria Bentz.

L'autre releva la tête et modifia sa trajectoire, se redressant en même temps.

Bentz n'avait que mépris pour son ancien complice. Joueur malchanceux, mauvais gestionnaire, un toquard qui accusait les autres de sa médiocrité.

— Bonjour, salua le visiteur essoufflé, fait chaud.

— C'est de saison, renvoya Bentz, remarquant que Deninger couvait d'un œil envieux les rangées de vigne. Qu'est-ce qui t'amène ?

Deninger cracha et, sortant un grand mouchoir à carreaux, s'épongea le front.

— Si on allait se mettre à l'ombre ? proposa-t-il, désignant du menton la table et les bancs en bois brut installés sous la tonnelle.

— Bonne idée, convint Bentz, remarquant une rose fanée et la coupant d'un geste sec.

— C'est tes roses de concours ? demanda Deninger.

— Sûrement pas, elles sont dans les serres.

Deninger haussa les épaules. Cette manie ne lui semblait pas digne d'un homme.

— Tu veux goûter mon tokay ? proposa Bentz.

— S'il est bon...

Bentz alla dans l'appentis où une petite cave conservait les bouteilles de consommation personnelle.

Le tokay était bon et Bentz s'amusait d'avance de la tête que ferait Deninger. Il savait que les récoltes du viticulteur étaient déjà toutes récupérées par ses créanciers en paiement des dettes.

Depuis quelques années, son ancien complice ne voyait pas passer la couleur de ses bouteilles. Il travaillait comme métayer dans sa propre exploitation.

Il revint avec une bouteille sans étiquette, fraîche malgré la chaleur, et deux verres à long pied.

— Regarde la couleur, jolie, hein ?

Deninger hocha la tête. Il savait ce que pensait Bentz.

Bentz l'ouvrit et renifla le bouchon.

— Hum, tu vas m'en dire des nouvelles...

Il servit le vin jaune et en rajouta à l'intention de l'autre, évoquant son bouquet et la couleur de sa robe. Il renifla encore et but deux longues gorgées en faisant claquer sa langue.

Deninger but plus modestement. Depuis son attaque il faisait attention, et puis le vin, maintenant, ça le dégoûtait.

— Il est bon, dit Bentz.

— Un peu vert, objecta l'autre.

— Trois ans, dit Bentz.

Deninger hocha la tête.

— Ça vaut pas le 1937 ni le 1947.

Bentz haussa les épaules et les resservit.

— Alors, qu'est-ce qui t'amène ? répéta-t-il.

Deninger prit son temps, but, claqua la langue à son tour, s'essuya la bouche d'un revers de main.

Bentz attendait en étirant ses jambes engourdies.

Deninger planta son regard dans le sien.

— Alors, ça y est, le Magasin National ?

— Ça y est quoi ?

— Ça y est, ils signent cette semaine. Enfin, par procuration. Les gérants arrivent le mois prochain. Paraît qu'il va y avoir des travaux.

— Qu'est-ce que j'en ai à foutre ?

— Ça va faire comme pour le magasin des Walter, des parachutés. Tu crois qu'ils auraient pas pu laisser ça à des gens de chez nous ?

Bentz haussa les épaules.

— Qu'est-ce que j'en ai à foutre ? répéta-t-il.

— Qu'est-ce t'en as à foutre, qu'est-ce t'en as à foutre... n'empêche, la mairie ça l'arrangeait bien. Tu vas voir les impôts locaux... avec les bénéfices du Magasin National, la mairie bouclait plusieurs budgets, tu vas voir, l'augmentation...

Bentz le regarda en plissant les yeux. Qu'est-ce qu'il bafouillait cet incapable qui avait mangé le gâteau et la cerise avec son sacré vice des cartes ?

— Et d'abord, qui c'est qui les a retrouvés, ces héritiers de mes deux ? Encore des Ricains ! Ma parole, bientôt on boira du Coca-Cola à la place de ton tokay !

Bentz rigola intérieurement. Il l'avait drôlement à la caille, le Deninger. Ça devait lui rappeler quand le nouveau maire était venu le prévenir d'avoir à déguerpir, parce que le fils Walter qui avait disparu la fameuse nuit avait gagné son procès et qu'il fallait lui rendre la turne.

Ah, la gueule de Deninger qui, tant d'années après, avait même oublié comment il avait obtenu la maison et la boutique que sa femme tenait. Comme c'était l'époque où le moindre bout de tissu exposé, la moindre chemise proposée faisaient se ruer les ménagères, fallait pas être bien malin pour être commerçant. Et puis avec Troyes et ses usines de bonneterie pas très loin, on pouvait se défendre, à l'époque.

Il avait été à deux doigts de laisser tomber sa terre, le père Deninger, quand il avait vu comment c'était facile de faire tinter le tiroir-caisse. Détailler du drap, c'était quand même moins crevant et surtout moins bas que de travailler la vigne.

— C'est des Américains, les gérants ?

— J'en sais rien ! Non, pas les gérants, enfin j'crois pas, manqu'rait plus qu'ça ! Non, mais les tôliers !

— Ben, si c'est des héritiers, dit Bentz pour l'énerver.

Deninger haussa les épaules et cracha une nouvelle fois par terre.

— Héritiers, ouais, marmonna-t-il en guignant la bouteille que Bentz gardait fermée. C'est l'notaire qui les a retrouvés, tu crois ?

Bentz fit une grimace d'ignorance.

— Comment je le saurais ? Mais qu'est-ce qui te dérange là-dedans, t'es plus concerné ?

Deninger lui balança un regard noir. Il se revoyait déménageant presque à la cloche de bois parce qu'une fois le jugement rendu il avait attendu, pensant qu'on n'oserait pas les expulser. Mauvais calcul. À l'époque où ça s'était fait, la SFIO était aux affaires et un juge, qui avait besoin de se dédouaner à cause de son attitude pendant la guerre, l'avait menacé de la force publique s'il ne décanillait pas. Nom de Dieu ! Pour un peu il se serait vu partir entre les gendarmes, lui et sa famille ! Il en avait gardé une haine à la fois contre le fils Walter, qui aurait bien dû y rester à l'époque, et la chose publique.

— On n'en a jamais parlé, commença-t-il d'un air madré, mais t'as une idée, toi, pourquoi il est revenu le fils Walter ?

Bentz eut la même grimace d'ignorance.

— Ben, ils étaient du coin.

— Et t'aurais l'idée de revenir là où ta famille a eu de si gros ennuis ? insista-t-il.

Bentz lui lança un regard oblique.

— Tu veux dire quoi ?

— Je veux dire... je veux dire qu'on sait pas pourquoi il est revenu là.

Bentz regarda une guêpe qui se tapait la cloche sur la table dans une goutte de tokay. Il abattit son poing sur elle.

— Y serait pas venu pour chercher des histoires, à ton avis ? insista Deninger.

— Pourquoi des histoires ? Ceux qui ont embarqué ses parents, c'étaient des miliciens qui venaient d'Haguenau.

— Ouais, mais qui c'est qui les a prévenus ?

— Comment ça, qui c'est qui les a prévenus ?

— Qui c'est qui les a prévenus ? Qui leur a dit qu'il y avait deux familles juives dans le patelin ?

— Ben, est-ce que je sais ? Ces gens-là, on n'avait pas besoin de les prévenir, ils étaient au courant.

Y avait des collabos partout, à l'époque, tu t'souviens bien ?

— Peut-être qu'il est revenu pour retrouver ceux qui les ont balancés ?

— Qui ?

— Le notaire, Walter !

Bentz haussa les épaules en levant les yeux au ciel.

— Tu devrais arrêter le vin blanc le matin, mon pauvre vieux. Ça fait plus de vingt ans que ces pauvres gens sont morts !

— Qu'est-ce que ça change ? T'en as qu'ont la rancune tenace.

— Il va retrouver les miliciens ? Ces gens-là, on sait même pas qui c'était.

— Tu te souviens qu'à l'époque, Moreuil était au sana et c'est toi qui faisais office de maire, avec Saurmann comme adjoint, moi comme assesseur, Perchu et Wagner au conseil municipal... y avait aussi... heu... Billon... et comment il s'appelait le beau-frère de... d'Yves, le garagiste... ah merde, j'ai la mémoire qui flanche ! Ovion, un nom comme ça... tu t'souviens ?

— Et alors ?

— Et alors ? Ben c'était l'époque où la pression se faisait drôlement forte, parce que les Schleus ils l'avaient dans le baba... tu t'souviens ? C'était quoi... ? À peine plus d'un an avant le débarquement ! Les Frisés, ils sentaient le roussi !

— Pas tant que ça, qu'est-ce que tu racontes ?

— Ben alors, merde, tu t'souviens pas ! C'est nous qui étions au conseil municipal quand la Milice nous a demandé... enfin, tu sais quoi !

— Mais vraiment tu décaroches, mon pauvre vieux ! Remets-toi dans le contexte de l'époque ! Si on leur avait pas dit à la Milice, qu'est-ce que tu crois qu'ils auraient fait ?

— J'dis pas le contraire, n'empêche que le notaire il peut l'avoir sur l'estomac !

— Ben merde ! Qu'il l'ait où il veut, j'en ai rien à foutre ! Moi, j'ai ma conscience pour moi ! Fallait pas qu'on subisse des représailles de la part des Fritz parce qu'on aurait caché des Juifs ! Comme tu dis, je faisais office de maire, c'était ma responsabilité. Et je te signale que Saurmann et toi, vous étiez d'accord. Surtout toi, d'ailleurs !

— Pourquoi surtout moi ? se rebiffa Deninger.

— M'oblige pas à te rappeler qu'à l'époque, tu étais plutôt dans la dèche, avec tes vignes bouffées par le mildiou et les dettes que t'avais... La boutique des Walter, c'est quand même bien tombé...

— Non, mais dis donc, j'étais pas le seul que ça intéressait ! Le Magasin National des Blum, géré par la mairie, ça t'a bien rapporté aussi... Plus qu'à moi, tu crois pas ?

Les deux hommes se regardent avec haine. Aujourd'hui, ils ont dit des choses qu'ils n'auraient jamais cru oser sortir. Des choses qu'on ne raconte pas, ou alors à soi et très vite. Des choses, même, qu'on modifie dans sa mémoire. Chacun veut se persuader que c'est l'autre le plus coupable, le plus salaud.

— Ton fils, il fait pas du golf avec lui ? demande Deninger, rompant le silence.

— J'sais pas, le tien aussi, non ?

Deninger hausse les épaules. Bentz n'en manquera pas une. Son fils, tu parles d'un cadeau ! Tout le monde dit que c'est le premier client pour les drogues qu'il injecte à ses patients. Il se dit en même temps qu'il est peut-être allé un peu loin, que Bentz fait quand même la pluie et le beau temps dans le coin, et que c'est aussi bien de l'avoir avec soi que contre.

— Faudrait leur demander ce qu'ils en pensent. Ils le connaissent mieux que nous, lâche-t-il, radouci, en se resservant du vin.

L'autre ne répond rien. C'est sûr que lui aussi s'est inquiété au début. Mais il ne croit pas à une histoire de vengeance. Il n'en a jamais entendu parler nulle part. Alors pourquoi ici ?

Dans le champ voisin, où déjà l'avoine a été coupée, s'abat un vol de corneilles noires et bruyantes. Au loin, derrière la ligne sombre des pins, il y a le camp du Struthof. Un camp de concentration et de mort en terre de France.

— Bon, ben j'vais m'en retourner, dit Deninger en se levant pesamment.

Walter arrêta sa voiture en stationnement interdit sur la place du Général-de-Gaulle.

Juin, cette année-là, donnait dans l'oriental. Vent
chaud, sécheresse excessive, recherche de fraîcheur
des corps épuisés au point que beaucoup se prome-
naient presque nus.

Les femmes étaient jolies dans leurs robes en
vichy bleu, rose, jaune, serrées à la taille par une
large ceinture de caoutchouc comme le voulait la
mode. Les cheveux en choucroute et la moue aux
lèvres, elles se voulaient Brigitte Bardot, et les
hommes, Jacques Charrier.

Il pensa à Sophie-Anne et ce n'était pas la première fois. Il n'est jamais retourné au lupanar
parce que ce n'est pas là qu'il veut la revoir.

Il a été long à admettre qu'il est tombé amoureux. L'amour ne fait pas partie de ses projets, il
rend distrait et indulgent.

Sur le point de mettre pied à terre, son attention
est attirée par Mme Bentz qui sort de chez le
bijoutier qui orne les cous, les oreilles et les poignets des femmes riches du coin.

Il l'observe tenter imprudemment de traverser la place pour rejoindre sa voiture arrêtée de l'autre côté. Elle avance avec l'autorité de ceux qui ne doutent pas que pour eux les gens s'arrêteront.

Walter sourit en pensant que le Dr Bentz ne doit pas être à la noce tous les jours.

Il la regarde monter dans sa MG et démarrer sèchement. Elle fait le tour de la place et doit ralentir en passant devant lui. Walter a un choc. Durant le court instant d'arrêt, il a reconnu, assise à ses côtés, Sophie-Anne.

Il n'hésite pas, remonte dans sa voiture, décolle du trottoir, suit la petite anglaise qui, à présent, file sur le cours Leclerc, tourne dans l'avenue Foch.

Walter ne comprend pas. Comment expliquer la présence d'une maîtresse de bordel dans la voiture de la femme d'un des chirurgiens les plus distingués de la ville ?

Devant lui, la MG a emprunté l'allée des Acacias qui porte bien son nom et est bordée d'immeubles récents aux balustrades de balcon en verre fumé. Un des quartiers les plus chers de la ville. Elle stoppe et fait un créneau devant l'un d'eux. Walter s'arrête à distance.

Paula Bentz sort côté rue, Sophie-Anne ouvre sa portière côté trottoir, les bras chargés de paquets. Paula vient l'aider et elles entrent en riant dans un immeuble au hall garni de plantes vertes et au sol en marbre.

Le rire de Sophie-Anne a assombri Walter. Le rire de Sophie-Anne aurait dû être pour lui.

Paula Bentz, avant de pousser la porte de l'immeuble, a aperçu dans le reflet la Matford du notaire rangée de l'autre côté de la rue, et s'est étonnée de sa présence. Dans l'ascenseur, elle demande à Sophie-Anne :

— Tu connais le notaire Walter ?

Sophie-Anne, qui se bat avec ses paquets pour chercher ses clés, répond :

— Il est venu un soir pour rencontrer une des filles.

— Tiens, je n'aurais pas cru ça de lui.

— Tu sais, réplique Sophie-Anne en ouvrant sa porte, c'est un homme.

— Oui, évidemment. Comment l'as-tu trouvé ? interroge-t-elle en débarrassant son amie.

— Sympa, un peu collant parce qu'il avait décidé que c'était moi qui devais lui tenir compagnie. Mais j'ai l'habitude. Tu veux boire quelque chose ? Moi je crève de soif !

— Si t'as du Coca...

— J'ai.

— Tu sais, on se demande pourquoi il est revenu ici.

— Il n'est pas du coin ?

— Si, mais sa famille s'est fait tuer pendant la guerre.

— À cause de quoi ?

— Ils étaient Juifs.

— Ben, en effet. Et lui, où il était ?

— Je ne sais pas. Je ne connais pas bien l'histoire, mon mari te la raconterait mieux.

— Je lui demanderai quand il viendra, pouffa Sophie-Anne.

Paula rit à son tour et se rapprocha de son amie.

— Il vient toujours ?

— Oh, c'est un homme fidèle, ton mari. Il prend toujours la même.

— Laquelle ?

— Une Niçoise, très douée d'après ce que je sais.

— Tant mieux pour lui, au moins qu'il s'amuse.

— Drôle de situation, non ? remarqua Sophie-Anne en mettant ses bras autour du cou de Paula.

— À mon avis, Feydeau ne l'aurait même pas imaginée, répondit Paula en poussant son amie vers la chambre.

DEUXIÈME PARTIE

Au nord de cette ville, adossé à une colline si désolée que même les enfants la fuient, se dresse un sombre et pesant bâtiment de briques brunes, percé de fenêtres étroites. De hauts murs de pierre l'entourent, fermés par une grille imposante. L'ensemble présente un front têtu et rébarbatif. C'est l'asile judiciaire d'aliénés du département.

Un réservoir de misères qui recueille les pires individus du pays. Ceux devant qui jamais aucune grille ne s'ouvrira. Ceux qui sont allés si loin dans la folie que, saisis d'horreur, les hommes les ont abandonnés.

L'enfermement remplace les soins qu'on ne sait pas donner. La peur, la méfiance et l'indifférence sont les substituts de l'écoute et de la compassion.

Les infirmiers n'y restent pas longtemps. Les médecins se contentent de gérer au jour le jour la folie des pensionnaires.

Dans un des pavillons aux murs couleur terre vit un jeune homme au regard clair et aux joues lisses de l'adolescence qui, parfois, a le regard qui se charge de boue.

Moderne Janus, il restera là, ont décidé les spécialistes, jusqu'à sa mort. Souhaitée par tous. Même par sa mère, épouvantée de l'avoir expulsé de son sein. Il est si imprévisible qu'il n'aurait pas même pu faire gardien de camp.

Il a massacré deux hommes en les démembrant et en les mutilant.

Le crime a été si horrible qu'on n'a pas songé à la guillotine. Ce garçon ne relève pas de la justice des hommes. Il sera enfermé jusqu'à ce que mort s'ensuive. On sortait à peine de l'horreur, on n'allait pas recommencer.

Les experts psychiatres ont sauvé sa tête. Sa mère a été évacuée sur un brancard, après que son fils eut expliqué d'une voix claire et tranquille comment il avait tué ces hommes qu'il ne connaissait pas, après leur avoir tranché à coups de hache, bras et jambes.

— Mais que vous avaient-ils fait ? s'est écrié le juge, blanc d'horreur.

Le jeune prévenu a haussé les épaules et expliqué qu'ils avaient voulu lui faire du mal.

— Mais quel genre de mal pouvaient vous faire ces deux malheureux ! a tonné le juge. Qu'est-ce qui peut justifier une telle sauvagerie !

— Ils voulaient me faire du mal, a répété le jeune homme.

Atterrés, jurés et experts, juges et gardiens, procureur et avocats l'ont écouté raconter cette nuit où, enfui de la demeure familiale où vivaient les siens depuis plusieurs générations, il a rencontré ses victimes.

Deux ouvriers agricoles qui abattaient du bois dans une forêt domaniale. Deux pauvres bougres pas très malins que la mairie employait pour ce genre de travail.

Les psychiatres n'ont rien trouvé dans ses anté-cédents ni son enfance qui justifie cette folie meurtrière. L'un d'eux, éminent, a déclaré qu'avec les connaissances actuelles de la science, on ne pouvait rien expliquer. Explique-t-on le cancer ?

Mais ce qui a davantage frappé les esprits, c'est son physique de chérubin. Un regard clair et serein, un visage doux et aimable, des blonds che-veux bouclés. La folie noire dans une tête d'ange.

Depuis quelques jours, Damien sent des choses dans sa tête. Des images passent dans ses yeux. Des fourmillements courent dans ses mains.

Par exemple, les corps de ceux qui l'entourent lui apparaissent déformés. Les têtes, allongées démesurément ; les mains, plates et larges comme de gigantesques araignées. Il lui arrive de se recro-queviller de terreur quand l'infirmier lui tend son repas et lui délivre une main pour qu'il puisse manger.

Sinon, elles sont toutes les deux attachées dans le dos au bout de ses bras resserrés contre son torse. Il y a quelque temps, il ne sait plus quand, on lui a remis la camisole.

Albert vient d'entrer. Il aime Albert, enfin, plus que l'autre qui a le crâne visible sous de toutes petites aiguilles.

Quand Damien se sent mieux, quand il n'a pas d'éclairs dans sa tête et les mains électriques, il sait que l'autre, Antoine, a le crâne rasé depuis, lui a-t-il dit, qu'il a fait l'Indochine.

Antoine le frappe quand il est attaché. Antoine renverse l'assiette de fer ou le barbouille en riant avec son contenu.

« Tiens, mange, mon con ! Je sais que tu préfères les fesses ! »

Aujourd'hui, Albert vient vers lui, ou peut-être c'est Antoine.

La porte de sa cellule est restée ouverte parce que les gardiens ont ordre de ne jamais la fermer quand ils sont à l'intérieur. Du coup, il entend tous les bruits qui hantent le couloir. Damien, qui est un garçon intelligent quand sa bête le laisse en paix, connaît parfaitement ses voisins.

Il sait avant tout le monde quand une crise se prépare chez l'un d'eux et prévient les infirmiers qui lui en sont reconnaissants. Albert lui a dit un jour que quand il s'apercevra des siennes, il sera sur le chemin de la guérison. Il n'a pas compris ce qu'a voulu dire Albert.

Albert, ou Antoine, va et vient dans la cellule. Il a posé le plateau-repas et arrange le lit après avoir sorti le seau d'aisance. Damien, recroquevillé contre le mur, le suit des yeux. Le chariot est devant la porte, l'autre infirmier doit être dans le coin.

Damien entend s'ouvrir les portes des cellules voisines et parler les hommes. Ils ne parlent pas toujours, souvent ils hurlent. Quand on ouvre les portes des cellules le bruit est insupportable. Certains cognent contre les murs, contre les portes, contre eux.

Aujourd'hui, Damien entend qu'on lui parle mais ne comprend pas ce qu'on lui dit. L'infirmier vient vers lui.

— Je vais te détacher une main, ne fais pas de bêtises, hein ?

Damien pense que c'est Albert.

Albert pense que Damien ne va pas bien aujourd'hui. Il a LE regard.

Pour le personnel qui soigne ou qui garde, pour tous ceux qui vivent dans la proximité immédiate de la folie, un des points de repère est LE regard.

Parfois l'impression est fugace, et avant même qu'ils aient compris, le fou a repris son semblant de raison. Parfois ça dure, comme pour Damien.

Albert, qui s'occupe le plus souvent de lui, a prévenu ses collègues de faire attention, et demandé aux médecins d'augmenter les doses de tranquillisants. Ce ne sont pas des tranquillisants, mais ça revient au même.

L'autre infirmier apparaît à la porte alors qu'Albert, penché au-dessus de Damien, commence à lui libérer une main.

— Comment ça va ? demande le jeune.

Il a été transféré à sa demande d'un autre asile du centre de la France d'où vient justement Damien. Pas par goût, par ambition. Quand on a des certificats signés du directeur de cet établissement, on peut ensuite aller n'importe où, et la paye est en conséquence.

Aujourd'hui, il remplace Antoine qui est malade.

Albert lui a souvent reproché de ne pas assez se méfier, de vouloir frimer.

« Te casse pas, a répliqué l'autre qui se nomme Roger, à côté d'où je viens, tes pensionnaires c'est des agneaux ! »

Albert sait pertinemment que c'est faux. Roger aussi. Il n'y a pas pires fous que ceux qui sont enfermés ici. Ici, c'est le dépotoir de la nation. Ici, au front de chacun est gravé : « Vous qui entrez, perdez tout espoir. »

« Ouais, ben moi je te dis de faire gaffe ! T'as beau être bien bâti, contre le plus freluquet d'entre eux tu feras pas le poids s'il se met en pétard. »

Roger a rigolé et s'est foutu d'Albert parce que Roger, qui est un fils de cultivateur bâti à chaux et à sable, fait en plus de la boxe amateur.

Roger entre dans la cellule alors que, selon le règlement, il doit rester dehors. Un dedans, un dehors. Albert, qui en a marre de rouspéter, ne dit rien.

Damien a une main libre et Albert lui tend son assiette et sa cuillère en plastique. Damien pose son assiette par terre et commence à manger.

Roger s'appuie contre le mur pendant qu'Albert va chercher dehors une cuvette et une éponge. Quand Damien aura terminé, il tâchera de le laver un peu en libérant un bras l'un après l'autre et en se méfiant des jambes. En fin de compte, il n'est pas mécontent que Roger soit là, quoiqu'il pense que Damien ne lui fera rien.

— Dis donc, commence Roger qui regarde pensivement Damien manger, entre çui là, et çui d'à côté, tu parles d'une paire de cinglés !

— De qui tu parles ? demande Albert distraitement.

— Ben, du vieux, là !

— Ah, oui, dit Albert qui se sent inexplicablement nerveux.

Le « vieux » dont parle Roger est attaché en permanence à son lit par une main. C'est un des plus dangereux.

Il a tué un petit garçon à coups de serpe après l'avoir violé. Ensuite il lui a coupé la tête et l'a fourré dans le four de sa cuisinière pour le faire disparaître.

Circonstance aggravante : ce petit garçon était le sien.

Damien s'est arrêté de manger et les observe. Albert, qui s'est approché, recule devant son regard.

— Il va pas bien, murmure-t-il à l'intention de son collègue.

— Qui ?

— Lui.

Roger se décolle du mur et se plante devant Damien.

— Qu'est-ce tu veux faire ?

— Je voudrais lui reprendre son assiette et sa cuillère.

— Eh ben, vas-y !

Albert soupire. Plus c'est jeune, plus c'est con. Mais il ne veut pas perdre la face devant ce péquenot.

— Bon, alors laisse-moi seul avec lui, je crois que tu l'énerves.

— Moi, je l'énerve ! pouffe Roger. Petite nature, va ! Bon, j'vais remiser le chariot, j'ai fini la distribution. À quelle heure tu pars ?

— D'ici une heure.

— J't'attends dans le bureau. Quand t'auras fini avec ce cinglé t'as qu'à passer, je te montrerai le Teppaz que je me suis payé !

— D'accord.

— Salut Du Branque, dit-il à Damien.

Albert, tout en s'affairant, surveille Damien du coin de l'œil. L'autre crétin l'a énervé. Il faut qu'il apaise et rassure le fou, sinon cela ira en empirant et plus personne ne pourra intervenir à moins de le ficeler sur sa couche, et ça, Albert n'aime pas.

C'est lui qui a le plus d'années de présence. Les directeurs ont plusieurs fois changé mais tous ont compris qu'ils devraient s'appuyer sur son expérience. Les pensionnaires l'aiment bien parce qu'il les respecte. Une seule fois en vingt ans, il a été coincé par l'un d'entre eux qui depuis plus de six mois était tranquille. C'était en 1955, Albert n'est pas près de l'oublier.

Par on ne sait quelle négligence, le « pensionnaire » s'est retrouvé en possession d'une fourchette métallique dont on ne se sert que dans le réfectoire du personnel.

Il a attendu qu'Albert récupère ses affaires pour se jeter sur lui et lui planter la fourchette dans la gorge. Ensuite il est resté à califourchon sur son ventre à regarder la fourchette qui sortait du cou d'Albert, pétrifié de peur, incapable de bouger ou de crier, et qui sentait son sang ficher le camp. Par

76

chance, un infirmier est passé par hasard et a donné l'alarme.

Albert avait commis deux négligences qui auraient pu lui être fatales. Tourner le dos à un pensionnaire, et se trouver tout seul dans les pavillons.

— Retourne-toi, ordonne-t-il à Damien qui s'est recroquevillé contre le mur. Il faut que je te lave. Je vais t'enlever ton pantalon, d'accord ?

Damien ne répond pas et sa prunelle s'affole. Albert s'affaire à tirer la culotte sur les jambes que Damien tient raides devant lui.

Albert la descend jusqu'aux genoux et s'étonne une fois de plus de l'aspect si joliment juvénile de la peau du jeune homme. Des jambes totalement glabres alors qu'il va sur ses vingt ans. Des muscles longs et déliés. Damien a l'apparence d'un homme fait, mais ne l'est pas.

Tout à son travail, Albert ne s'est plus souvenu qu'il n'a pas rattaché le bras de Damien après que celui-ci eut fini de déjeuner. Depuis quelque temps, Albert est moins vigilant. Le surveillant lui en a fait la remarque. L'habitude des mêmes gestes conduit à la négligence. Albert en a convenu et s'est dit qu'il avait peut-être trop d'heures de vol dans le métier.

Il se penche pour saisir la bassine et l'éponge. Quand les pensionnaires sont en crise, on évite de trop les promener dans les couloirs et les soins quotidiens sont donnés en cellule. On a depuis longtemps remarqué que le moindre changement dans la routine les perturbait gravement.

Albert se retourne et ses yeux croisent ceux de Damien. Il va pour s'écarter, quand soudain, rapide comme un fouet, le bras libre de Damien s'enroule autour de son cou et le fait basculer.

Albert, plaqué sur le dos, est écrasé sous le poids du prisonnier.

Il veut crier pour attirer l'attention de Roger, mais aussi pour alerter Damien et lui rappeler qu'il est son copain, qu'il ne doit pas lui faire du mal, parce qu'après Damien sera triste, parce qu'Albert ne l'aimera plus.

L'infirmier sait ce qu'il doit dire pour désamorcer la crise, mais Damien ne lui en laisse pas le temps. Son genou s'enfonce dans sa gorge tandis que sa main libre se plaque sur son visage et l'étouffe. Asphyxié, Albert rue comme un fou pour se dégager, mais perd peu à peu conscience et meurt.

Damien le lâche, se redresse, s'empare de ses clés, ouvre les cadenas de la camisole, l'arrache. Au dehors, prévenus par on ne sait quel instinct, les quatre autres fous dangereux rassemblés dans ce pavillon se déchaînent.

Damien repousse le cadavre d'Albert, le déshabille, revêt sa blouse, coiffe son calot et sort. Il passe sans prêter attention aux fous. Sa tête est frissonnante.

Il s'arrête devant la lourde porte en fer qui isole ce quartier des autres, et cherche la clé dans le trousseau du gardien.

Il en essaye deux avant de trouver la bonne. Mais il hésite à ouvrir. Les fous font un tel barouf qu'il craint que les gardiens de l'autre côté ne soient alertés.

Damien sait que le bureau des surveillants se trouve à droite dans le couloir. Son instinct lui conseille d'être prudent. Il tourne la clé, entrouvre la porte et la referme très vite. Médusés peut-être de le voir s'échapper, les fous se sont tus.

Plaqué contre le mur du couloir, il attend un moment. Les bruits du quartier arrivent étouffés. Il se rapproche avec précaution du bureau des surveillants et glisse un œil à travers la vitre.

Damien ne sait pas qu'aujourd'hui c'est le 14 juillet, et que beaucoup de membres du personnel sont en congé.

À l'intérieur de la pièce vitrée, il reconnaît celui qui est venu dans sa cellule quand Albert le lavait. Un gros, grand et brutal avec une voix épaisse. Damien ne l'aime pas et le craint. Il sait qu'Albert pense comme lui.

L'infirmier lui tourne le dos et s'affaire sur un carton qu'il est en train d'ouvrir. Posé sur le bureau, un poste de radio assure la retransmission du défilé du 14 Juillet sur les Champs-Élysées à Paris. Les airs martiaux couvrent les bruits.

Damien entre silencieusement dans la pièce.

L'infirmier, qui a senti une présence, se retourne. La blouse et le calot le trompent un instant, mais il reconnaît Damien et est envahi d'une peur qu'il a du mal à maîtriser.

C'est une chose de frimer devant un cinglé attaché, c'en est une autre de le voir devant soi en se disant que ce n'est pas volontairement que le collègue l'a laissé s'échapper.

Sa gorge serrée a du mal à laisser passer les mots. Il essaye de respirer pour calmer son affolement, comme son manager le lui a enseigné avant un combat difficile.

— Eh, mais qu'est-ce tu fais là ? bredouille-t-il.

En même temps, sa main cherche sur le bureau la sonnette qui déclenchera l'alarme. Damien suit la main des yeux. Roger stoppe son geste. Tout ce qu'il a retenu de sa formation d'infirmier psychiatrique, c'est qu'en aucun cas on ne doit faire peur ou énerver un fou, et surtout, ne pas lui montrer sa propre peur. La même chose, a souligné leur formateur, que devant un animal dangereux.

— Qu'est-ce que tu fais là ? répète-t-il d'une voix qu'il tente d'assurer. Où est Albert ? Tu te promènes tout seul ?

Il tente de faire passer de l'amitié dans le ton. L'autre ne bronche pas. Ses yeux clignent comme si une lumière trop vive le gênait. Il se tient immobile, les deux mains en avant. Des mains grandes et fortes.

Roger fait un pas de côté pour s'écarter de Damien et se rapprocher de la sonnette. Il pense en même temps que cette sonnette ne servira à rien parce que le temps que les collègues réagissent, l'autre aura dix fois celui de lui sauter dessus. En plus, ils doivent être en train de servir le déjeuner. Roger sait qu'aujourd'hui, en raison des congés exceptionnels, ils sont peu nombreux. Il se demande où est Albert.

— Bon, on va aller se reposer, d'accord ? On va aller retrouver ton copain Albert qui doit s'inquiéter.

Il avance doucement vers la porte mais Damien ne bouge pas. Son grand corps bouche l'ouverture et ses yeux clignent de plus en plus vite.

Roger perd le peu de sang-froid qu'il avait conservé. Dans un mouvement de désespoir, il tente de passer en force dans l'espoir d'enfermer Damien à l'intérieur. Le temps qu'il casse les vitres, il sera loin.

Mais Damien a anticipé son action. Il saisit Roger à la gorge, le secoue et le renverse. Désespéré, Roger le frappe de toutes ses forces, ses poings actionnés comme des pistons cognent sous tous les angles.

Roger est un mi-lourd, soixante-dix-huit kilos de bonne viande rouge, mais Damien paraît insensible aux coups, ses doigts crochetés à la gorge serrent de plus en plus.

Roger, affolé, se contorsionne dans tous les sens. Ils roulent à terre.

L'infirmier tente de se dégager en décochant de violents coups de pieds que Damien évite, et se laisse tomber de tout son poids sur son adversaire.

Roger réussit à frapper sur le nez Damien que la douleur déconcerte un instant, mais qui se contente d'essuyer le sang d'un simple revers de main.

L'infirmier reprend espoir et cogne de toutes ses forces en visant la bouche. Damien grogne de douleur, et, pris de rage, lui martèle la tête par terre.

Roger sent sa tête éclater. Damien, des deux mains, pilonne le sol de béton brut avec le crâne de Roger. Depuis des années, l'administration a promis de le faire recouvrir d'un revêtement caoutchouté.

Le béton rougit à l'endroit où Damien fracasse la tête de Roger qui ne bouge plus, mais Damien ne sait pas que Roger est mort et continue son mouvement.

Au bout d'un temps, il s'arrête, et regarde la tête de l'infirmier qui n'est plus qu'un magma d'os et de chevelure sanglante.

Il se relève en titubant, considère avec épouvante sa blouse maculée de sang, ses mains poisseuses qui ne tremblent plus, comme ses yeux qui ne clignent plus, et sa tête qui s'est apaisée.

La crise est passée. Le Janus démoniaque a cédé la place à son jumeau.

À la radio, l'escadrille « France » emplit l'air du rugissement de ses réacteurs. Damien regarde autour de lui et ne comprend pas ce qu'il fait là. À ses pieds, le cadavre de Roger.

Machinalement, il se débarrasse de sa blouse souillée et sort dans le couloir. Derrière sa porte, un fou le regarde passer sans rien dire.

Il s'aperçoit qu'il a un trousseau de clés dans la main. La raison lui revient. Il va sortir.

Il ouvre une autre porte et débouche dans la cour gravillonnée, entourée de hauts grillages qui séparent ce pavillon des autres. Il entend une autre radio diffuser au loin *La Marseillaise*.

Il se demande quel jour on est, mais ne s'attarde pas sur cette question. Il ouvre la dernière porte qui ferme le grillage, tourne à droite en direction de la buanderie où le linge est blanchi. Il y a deux camionnettes, une Peugeot et une Renault. Il prend la Renault parce qu'elle est blanche. Les clés sont sur le contact. Il ne sait plus s'il sait conduire, tout est confus dans ses souvenirs. Il sait simplement qu'il sort de l'enfer.

Il embraye, démarre, la voiture hoquette, il desserre le frein à main. Il pense à sa mère. Il ne l'a pas vue depuis très longtemps.

Il sort de la cour et s'engage dans l'allée. Au bout, la grille se dresse tel un obstacle infranchissable. Il ralentit. Un gardien entre dans la guérite et ouvre la grille électriquement. Il salue au passage Damien, raide d'appréhension, qui ne se souvient pas qu'il a conservé sur la tête le calot d'Albert et que sur sa camionnette est peint ADMINISTRATION MÉDICO-PÉNALE et en dessous, en plus petit, mais dans les mêmes tons de bleu : « Service d'intendance. »

— Au revoir docteur, à la semaine prochaine.

— C'est entendu, au revoir monsieur Guérin.

Deninger ferme la porte sur son patient et s'adosse, épuisé. Il connaît la raison de cette fatigue. La déraison, plutôt.

Il se décolle du mur d'un coup de rein et regagne son bureau. Par la fenêtre ouverte, il entend les piafs s'envoyer des trilles à pleine gorge.

Ils m'emmerdent, pense-t-il. Derrière l'écran de peupliers qui bornent sa maison, le soleil couchant se donne des airs de drapeau nippon.

Il regarde sa montre. L'extraction de la molaire de Guérin lui a pris presque une heure. L'heure du dîner est passée, mais il s'en fout, il n'a pas faim. C'est pareil pour tous les drogués. La poudre les nourrit. C'est pour ça qu'ils ressemblent à des planches à pain. Paraît que c'est la combine des mannequins.

Il s'assoit à son bureau, sort une seringue. Ouvre une boîte en fer et prend un sachet de morphine. Il dilue la poudre dans de l'eau distillée, remplit sa seringue, se pose un garrot et enfonce l'aiguille. Au fur et à mesure que passe la drogue, il ferme les yeux de plaisir. Un frisson le secoue. Il ôte l'aiguille, dénoue le garrot, abaisse la manche de sa chemise.

Dehors, le jour a encore baissé. Du jardin arrivent des bouffées de parfum, il se sent très bien. Il prend une cigarette, repense au coup de fil que son père lui a donné dans l'après-midi.

— Dis donc, qu'est-ce que tu penses du fils Walter ? a attaqué le vieux après les formalités d'usage, qui sont entre eux réduites au minimum.

Ils ne s'aiment pas – mieux, se méprisent. Ça va même parfois plus loin.

— Qu'est-ce que tu veux que j'en pense ?

— Vous vous voyez de temps en temps ?

— Parfois il nous arrive de bridger. Je fais souvent le mort.

Son père a ricané à l'autre bout.

— De quoi vous parlez ?

Qu'est-ce qui lui prend au vieux, de se soucier de Walter tout d'un coup ? Ça fait plus d'un an qu'il est revenu.

— Je ne comprends pas ta question.

— Enfin, quoi, s'énerve son père, il t'a dit pourquoi il est revenu ?

Ah, c'est ça.

— Tu veux savoir s'il me parle de... ta collaboration à leur affaire familiale ?

À l'autre bout, il y a eu un silence suivi d'un juron. Pas poli, le père.

— Qu'est-ce tu sais de tout ça, toi ? s'est emporté le vieux.

— Tout, a répondu le dentiste.

Il s'en souvient bien quand ils ont déménagé de la ferme pour s'installer dans cette maison, où ce qui l'a enchanté c'était que les cabinets étaient à l'intérieur. Un luxe qu'il n'avait même jamais imaginé. L'eau qui coulait à volonté des robinets, son père n'avait jamais voulu la faire mettre, et c'étaient lui et sa mère qui se coltinaient les seaux, du puits de la cour jusqu'à l'évier en grès de la cuisine.

— Enfin, quoi, il est bien revenu pour une raison !

Ah, c'est donc ça. Il a la trouille. La pétoche que Walter soit là pour demander des comptes. À vrai dire, c'est ce qu'il avait immédiatement pensé. Sinon, pourquoi revenir s'emmerder dans ce trou ?

— C'est possible, oui.

— Alors, qu'est-ce qu'il dit ?

— À moi, rien. S'il doit parler à quelqu'un, c'est à toi et à Bentz père...

Encore un silence et le vieux a brutalement raccroché.

Deninger s'étire avec bonheur. La drogue lui envoie dans le corps des messages de plaisir infini. S'il ne l'avait pas eue, il ne serait plus là.

Il déteste sa vie. Une vie d'ennui qui n'en finit pas. Quand à l'époque, le père Bentz lui a dit qu'il lui offrait ses études, il a eu envie de lui baiser les pieds.

Sortir de cette merde dans laquelle se complaisaient son incapable de père et sa bonniche de mère lui apparaissait comme la réalisation d'un rêve auquel il n'avait même jamais osé penser.

Ça ne s'était pas fait tout seul. Son père avait besoin de lui comme ouvrier agricole, mais Bentz avait insisté, et encore aujourd'hui, le dentiste se demandait pourquoi.

Il avait travaillé comme pion une partie de ses études pour ne pas trop devoir, tandis que le fils Bentz menait une vie de fils à papa. N'empêche, il leur devait tout. C'est-à-dire cette vie médiocre et terne dont il avait par deux fois tenté de se défaire.

Quand la drogue le réchauffe comme ce soir, il n'y pense pas. À part qu'il lui en faut de plus en plus, et que bientôt il ne pourra pas justifier ses achats à la pharmacie de l'hôpital. Il sait qu'il y a déjà des rumeurs et qu'un jour on lui demandera des comptes. À ce moment-là, il réussira sa sortie. Il n'envisage pas sa vie sans morphine.

L'assistante a laissé en partant le journal du jour sur un coin du bureau. Il le prend et parcourt la première page. Il sent que l'effet de la drogue s'atténue. Ses membres retrouvent la lourdeur dont elle les soulage et l'angoisse pointe à nouveau. Il ne veut pas y penser. L'instant où il augmentera la dose sera le dernier. Il se l'est promis.

En pleine page un article avec la photo d'un jeune homme.

« Un malade s'est échappé hier de l'asile Saint-Vincent après s'être débarrassé de ses gardiens. Le jeune homme, âgé de vingt ans, y était enfermé pour homicide. La police qui le recherche activement a fait établir des barrages sur toutes les routes du département et demande à la population de lui signaler toute personne dont le comportement lui paraîtrait suspect sans toutefois chercher à l'arrêter. Elle conseille également d'éviter de fréquenter des lieux déserts et de rester chez soi tant que l'individu ne sera pas retrouvé. Ce jeune homme, soigné pour une *grave dépression, peut interpréter de façon erronée certaines attitudes de personnes mal informées. Il est demandé de prévenir immédiatement la police pour le cas où quelqu'un le reconnaîtrait. »*

Deninger regarde la photo qui représente un jeune homme souriant, coiffé avec une mèche sur le front à la Gérard Blain. Il n'a pas l'air plus fou que lui, mais le dentiste sait bien que ça ne veut rien dire.

Ainsi, un dingue apparemment dangereux, malgré le communiqué lénifiant de la police, se baladait dans le coin. Ça devenait rigolo, la région. Un justicier, un psychopathe, on commençait à s'amuser.

Il termine l'article qui n'indique pas pourquoi l'homme a été enfermé, quand un bruit de verre brisé, dans son labo attenant, le fait sursauter.

Il se raidit malgré lui, le cœur battant. Pourtant le bruit l'a surpris, c'est tout. Il n'a pas de raison d'avoir peur. On a peur quand on a envie de vivre. Cependant ses mains sont moites.

De quoi devrait-il avoir peur ? D'un dingue ? Il l'est autant, et en plus il espère la mort. Est-ce un chat ? Un cambrioleur ? Il sait qu'il se bluffe.

Il se dresse lentement, les yeux rivés sur la porte qui le sépare du labo et derrière laquelle il entend des frottements de pieds. Son cœur se débat dans sa cage et ça l'énerve. Bien qu'il sache qu'entre le psychisme et le soma, il y a parfois lutte et contradiction. Le corps s'affole, même si l'esprit s'en fout.

Il se décide à bouger, davantage par bravade que par envie. C'est une chose de vouloir mourir, c'en est une autre de penser que derrière la porte un assassin est tapi.

Il tourne doucement la poignée, le souffle suspendu. Il a l'impression que ses pieds s'enfoncent dans le sol. Il ouvre. La pièce est petite, et la fin du jour l'éclaire suffisamment pour qu'il aperçoive immédiatement l'homme plaqué contre le mur comme un animal effrayé.

Ils se regardent. L'inconnu s'est réfugié dans un coin. Ses yeux sautillent comme si de puissants projecteurs l'aveuglaient. Le dentiste sent la sueur de la peur lui couler le long du dos.

— Qui êtes-vous ?

Sa voix n'est pas tout à fait normale et il s'en veut. La frayeur des deux hommes s'additionne et emplit l'air à la manière d'un gaz toxique.

— N'ayez pas peur.

Le ton se raffermit devant la terreur visible du jeune homme. Il s'éloigne de la porte et l'invite à le suivre.

L'homme ne bouge pas.

— Venez, je vous en prie, vous êtes en sûreté ici…

Il hésite. Ses yeux vont de Deninger à la fenêtre comme s'il balançait entre obéir ou s'enfuir.

— Venez, vraiment, je sais qui vous êtes, vous ne risquez rien.

Mais l'homme reste plaqué contre le mur.

Le dentiste réfléchit à la meilleure manière de le rassurer. Il ne pense pas un seul instant à prévenir la police. Il ne va pas faire comme son père, même si les motifs sont différents.

Il revient dans son bureau, ouvre un tiroir, en sort une bouteille de Fernet, deux verres, et les remplit.

— Venez boire quelque chose, ça va vous remonter.

Il sursaute. L'homme est derrière lui. Il ne l'a pas entendu se déplacer.

Il a de nouveau peur et pour la cacher, vide son verre d'un coup.

— Buvez !

Il tend le verre au garçon qui le porte à ses lèvres.

À la lumière du bureau, Deninger peut l'observer. Il n'a pas la tête d'un monstre, juste celle d'un jeune homme de bonne famille. Si ce n'était le côté lisse du regard, on pourrait croire avoir affaire à un étudiant.

Mais il sait que la presse n'aurait pas diffusé l'article, en prenant tellement de précautions pour ne pas paniquer la population, si le type n'était pas un sacré cinglé. Il connaît bien l'asile, comme tous ici. Mais il n'a pas signé la pétition qui demandait qu'on le ferme.

Le type renifle le verre comme un animal, mais ne boit pas.

— Laissez, si vous n'aimez pas ça.

Il va s'asseoir dans son fauteuil en faisant mine de se désintéresser du garçon. Il remarque qu'il est du genre costaud, comme souvent. On dirait que la nature, pour se faire pardonner ses manques, en ajoute ailleurs.

Le fugitif évite son regard et reste planté devant le bureau, le verre à la main.

— Vous avez peut-être faim ? Bon, vous ne voulez rien dire ?

Il se relève. Si cette bûche ne change pas d'attitude, il se demande bien ce qu'il va en faire. Il ouvre le tiroir central de son bureau, là où il range l'argent des honoraires. Il prend une liasse de billets, la tend au fou.

— Tiens, si tu veux partir, il te faudra de l'argent. Tu sais ce que c'est ?

L'homme regarde les billets sans bouger. Deninger s'appuie des deux poings sur son bureau.

— Dis donc, je veux bien être gentil mais il faut un peu te remuer. Les flics te cherchent partout, et si tu veux fuir va falloir te montrer malin. La frontière n'est pas loin, je peux t'indiquer par où passer.

L'homme lève les yeux vers lui et le dentiste remarque qu'ils ressemblent à deux billes noires, comme si les iris avaient mangé la rétine.

Il se glace. Il a soudain envie que le dingue disparaisse. C'est peut-être un tortionnaire, un cinglé qui prend plaisir à faire mal. Ça existe, ces types qui aiment la douleur des autres. Il n'y a pas encore longtemps, ils portaient un uniforme.

Peut-être qu'en lui parlant il se rassurera, parce que c'est visible qu'il a peur. Presque autant que lui.

Il cherche machinalement quelque chose pour se défendre. Il n'y a que le plateau des instruments dont il s'est servi pour Guérin et que l'assistante, qui est partie plus tôt, nettoiera demain. Il y a de quoi faire, entre les différents scalpels. Même la fraise peut servir.

Damien se méfie de l'homme chez qui il est entré. Il croyait la maison vide. Il a tellement couru depuis deux jours qu'il avait envie de se réfugier quelque part, n'importe où.

Il s'est nourri de fruits chipés sur les arbres. Il n'a pas vraiment faim mais a envie de manger de la viande avec des légumes, comme là-bas.

Damien trouve que l'homme se moque de lui. Il déteste l'alcool et la première chose qu'il a faite, c'est de lui en proposer.

Cependant, il n'a pas l'air malveillant. Il porte une blouse blanche, comme Albert.

À présent, il sait ce qu'il a fait à Albert. Il se déteste pour ça. Il s'en est souvenu cette nuit et il a pleuré. Il aimait bien Albert. Roger, c'est rien. Roger était un salaud. Il méritait amplement son sort. Enfin, peut-être pas.

Il sait que s'ils le reprennent, il sera enfermé seul dans une cellule et attaché de la tête aux pieds. Il y en avait un comme ça l'année dernière. C'est Albert qui le lui avait montré au travers de la grille.

« Tu vois, avait-il dit, cet homme a tenté de faire du mal aux gardiens, et principalement à son infirmier. Maintenant, il ne sortira plus jamais de sa camisole. Tu vois, avait-il répété, il faut que tu fasses très attention. »

Et il avait fait du mal à Albert.

Damien suffoque de peur. Il n'a pas confiance en cet homme. C'est un docteur et tous ont la même attitude hypocrite avant de vous enfermer et de vous faire du mal. Ils font tous pareils. Ils vous endorment, et après, pof !

De l'argent. Que peut-il faire avec de l'argent ? Il ne se souvient même plus de sa valeur. Damien comprend à cet instant combien il est déconnecté de la vie réelle.

Sa raison oscille perpétuellement entre équilibre et déséquilibre. Il n'a jamais tant souffert. Il ne sait pas qui il est. Il sait seulement qu'il n'aurait pas dû arrêter les médicaments, mais il n'en pouvait plus.

Alors, jour après jour, il a attendu qu'Albert s'éloigne pour les recracher. L'infirmier ne s'en est jamais aperçu bien qu'il restait avec Damien jusqu'à ce que celui-ci les avale. Mais c'est facile de simuler.

Le docteur a peur. S'il a peur, il va prévenir l'asile. S'il prévient l'asile, ils viendront le chercher pour l'attacher toute sa vie, tout seul. Albert le lui a dit. Albert était son ami, il n'aurait pas menti.

Damien fronce le nez. L'homme vient de produire une drôle d'odeur. Damien évite de le regarder.

Derrière l'homme en blouse, il y a des couteaux qui brillent comme des poissons. Derrière l'homme en blouse, la fenêtre est grande ouverte et c'est par là qu'« ils » risquent d'entrer.

Damien se déplace avec souplesse. Il n'est pas certain d'avoir raison, mais il n'a pas beaucoup de choix. Il se le dit en marchant vers l'homme qui s'est immobilisé, la bouche ouverte, les yeux exorbités.

Il comprend que l'homme va crier. Il s'empare d'un scalpel effilé.

La ville a la bouche pâteuse. Les bistrots ne désemplissent pas. Ce matin, l'assistante du docteur Deninger, Mlle Lomond, s'est offert une séance gore en découvrant son patron la gorge ouverte.

Les journalistes font les feux follets et les gendarmes jouent les énigmatiques.

Les bistrotiers remplissent les verres et vident les porte-monnaie.

Les journalistes assaillent les gendarmes en leur reprochant d'avoir dissimulé la vérité sur la dangerosité – c'est le mot qu'ils emploient – du fou évadé.

Ceux-ci, mal à l'aise, font le gros dos.

Par acquit de conscience, ils sont allés interroger les parents du dentiste pour savoir si leur fils n'avait pas d'ennemis.

— Sûrement pas ! s'est exclamé son père. Tout le monde l'aimait !

La mère, chafouine, a enfoncé son visage inondé de larmes dans son torchon.

Le préfet a téléphoné au divisionnaire pour l'enjoindre de prévenir les populations d'avoir à se terrer.

— Qu'ils bouclent les portes et sortent les chiens !

Les camionnettes bleues des gendarmes sillonnent la ville. Les cars kaki des unités territoriales et les grosses bécanes des motards barrent les routes.

Les poules sont rangées dans les poulaillers.

Dans son bureau, Walter écoute sa secrétaire et son premier clerc commenter l'affaire.

Il regrette un peu le dentiste, qu'il estimait le moins pourri. Il aurait presque pu s'en faire un ami. Peut-être parce qu'il avait une tête de mort prématurée.

L'idée du chagrin des parents ne le console pas. Il les sait aussi avares de ça que du reste. Dommage que le fou n'ait pas fait le bon choix.

Il prend dans un tiroir les dossiers constitués par « Bogart ». Tous les protagonistes ont des casseroles aux basques.

Bentz père, s'est compromis dans des magouilles politico-financières.

Le détective a relevé contre lui des preuves de fausses factures et de pots-de-vin au profit du député de la région. Il a en même temps découvert que Saurmann est l'engrosseur de la jeune Tranchant.

Quant à Deninger père, ruiné par le jeu, il ne demeure chez lui que parce que Walter le veut bien.

Parfait. Mais tout ça ne mène à rien. S'il fallait punir tous les margoulins de la politique, les lâches suborneurs et les faillis, la prochaine décennie devrait être uniquement consacrée à la construction de prisons.

Il se lève avec pesanteur. Parfois, il se demande pourquoi il est revenu. Masochisme de regarder vivre ceux qui l'ont tué ? Goût irrépressible pour la haine ?

Sa secrétaire écoute le clerc lui donner des détails sur l'assassinat. Elle pousse de petits cris de frayeur gourmande et en profitera pour lui demander de la raccompagner.

Il sort sans leur dire un mot. Le sang sèche vite en entrant dans l'histoire, parce que toujours, partout, du sang nouveau surgit.

Il n'est pas sûr que son besoin de justice ou de vengeance – il n'a pas encore choisi l'idée – ait encore un sens. Alors sa vie en a-t-elle encore un ?

Il revient chez lui par la rue principale, bourdonnante de nervosité contenue. Des gens qui se parlaient à peine la veille échangent de grands discours.

Il s'arrête pour acheter le dernier journal au kiosque. Le titre en gras barre la une. Le pauvre Deninger aura connu son heure de gloire posthume. Les portraits du dentiste et du meurtrier présumé sont côte à côte, et des deux, c'est la victime qui a une tête d'assassin.

Un coup de klaxon lui relève la tête. De sa voiture, Saurmann lui fait signe qu'il se gare.

Il s'extirpe de sa grosse allemande et court vers lui, essoufflé.

— Non, mais tu te rends compte (il a oublié qu'il le vouvoyait), notre ami Deninger ! Ah le salaud ! Ah l'ordure !

Il se secoue sur les revers de Walter qui lui tient les poignets pour le repousser, mais Saurmann s'incruste.

— Non, mais tu te rends compte, je lui ai parlé hier ! Ah ! le pauvre ami, assassiné avec un de ses outils !

Il répète, incrédule, les mots « un de ses outils » comme si à eux seuls ils expliquaient l'horreur de la situation.

— Mais ce monde est fou ! tonne l'industriel, fou ! Cinglé !

Il fixe Walter d'un regard mouillé. Aimait-il à ce point le dentiste ou a-t-il peur ? se demande le notaire.

— Deux morts violentes en si peu de temps, dit-il.

— Oh, oui ! (Saurmann relève la tête, étonné.) Pourquoi deux morts violentes ?

— La jeune Tranchant et celle-ci.

L'industriel le fixe, abasourdi. Il est à la masse, le notaire, ou quoi ? Quel rapport entre cette horreur et le suicide de cette petite morue ?

— Ça n'a rien à voir, articule-t-il.

— Pas dans la forme, mais dans l'esprit.

— Quoi ?

Il décroche, l'amoureux des voitures d'outre-Rhin et des amours faciles.

— C'est moins spectaculaire, convient Walter, mais le suicide est un tel acte de désespoir... Notre ami aura été surpris, mais cette jeune fille a pensé à sa mort longtemps à l'avance... Elle en a établi le protocole, pesé le pour et le contre... Hésité sûrement à prévenir le salaud irresponsable qui l'aura mise dans cet état... Ou peut-être que, prévenu, il se sera dérobé, la laissant seule face à la honte...

— Qu'est-ce que vous me racontez ?

Saurmann s'est repris. Que bafouille le notaire ? Une angoisse l'étreint. Que sait-il ?

— Rien d'autre que cette tragédie récente qui me fait penser que notre ville se trouve prise dans une bourrasque... continue Walter qui remarque, satisfait, que l'industriel s'alarme. La mort de Deninger me fait de la peine, poursuit-il, c'était le mieux de tous. Il n'a pas profité du crime de ses parents... je crois même qu'il n'appréciait pas.

— Quel crime de ses parents ?

Saurmann se redresse davantage, dans son attitude familière de coq gras.

— Vous ne vous souvenez pas ? Février 1943 ? La Milice prévenue par la municipalité que deux familles juives se cachaient dans le bourg ? Vous étiez jeune à l'époque, c'est vrai.

— Et qu'est-ce que ça a à voir avec Deninger ?

— Après les avoir envoyés à la mort, ils ont spolié les biens de mes parents pendant des années, et le père Deninger était, avec votre père et celui du docteur Bentz, en charge de la mairie...

— Et alors ?

— J'ai tout lieu de croire que ce sont eux qui ont prévenu la Milice.

Saurmann a la mâchoire qui se décroche. Il n'en revient pas de la tournure qu'a prise la conversation.

— Mais vous êtes fou ! Jamais de la vie ! Je ne sais pas pour les autres, mais je sais que mon père a caché dès Israélites ! Il s'en est jamais vanté ! Il aurait peut-être dû !

Walter le toise avec mépris. Saurmann est le pire de tous. Il est des trois héritiers celui qui ressemble le plus à son père.

Autour d'eux les passants, qui flairent une nouvelle tragédie, ralentissent le pas.

— Je sais beaucoup de choses sur vous, Saurmann, et elles ne sont pas ragoûtantes. Vous êtes le digne rejeton de votre père ! J'aurai votre peau.

Saurmann suffoque sous l'outrage.

— Mais je vous emmerde ! hurle-t-il, perdant son sang-froid. Je vous emmerde Walter, vous et les vôtres ! Vous croyez pas que vous allez revenir nous emmerder !

Les passants s'arrêtent de passer. Pas tous les jours, alors que le corps d'un notable n'est pas encore froid, que deux autres s'empoignent et s'insultent sur le trottoir. Va savoir si ce serait pas l'un d'entre eux qui aurait fait le coup ?

La rage de Saurmann s'accroît à proportion du calme de Walter.

— Combien de temps on va encore payer pour cette foutue guerre ? hurle-t-il. Vous avez un pays maintenant, qu'est-ce que vous attendez pour y foutre le camp et nous débarrasser le plancher !

Saurmann n'a pas terminé sa phrase que Walter le gifle, si violemment que sa tête fait un va-et-vient comme celle d'une marionnette.

L'industriel ouvre une bouche incrédule et indignée devant les passants arrêtés, qui retiennent leur souffle. Mince alors, il y a pas été de main morte, le gars, pensent-ils.

Les cinq doigts sont marqués sur la joue de Saurmann.

— Je vais... je vais porter plainte... Ça se passera pas comme ça...

Il se tourne vers les badauds.

— Vous avez vu… vous avez vu…

Ils haussent les épaules. Pas leurs oignons, les empoignades des riches. Y viennent pas les chercher quand ils comptent leurs billets de banque !

Walter relâche l'industriel qu'il avait retenu d'une main et s'éloigne sans un mot.

Saurmann, tremblant de rage et d'humiliation, cherche du regard ceux qui s'écartent, et reste seul au milieu du trottoir, pris dans un faisceau d'indifférence.

Le bourg, à vingt kilomètres de la ville, est devenu son faubourg. À cause du baby-boom de l'après-guerre, on a construit vertical et moche.

Autour du cœur du vieux village, où se repèrent encore quelques maisons en plâtre coloré et colombages, des balcons encorbellés et des toits pointus, s'étalent comme une tache des barres de béton, où s'entassent de nouvelles populations qui ne se connaissent pas, ne se parlent pas, et se méprisent. Pour les parquer, on a macadamisé des champs, où jadis poussaient le houblon et le blé et où se faufilaient les coquelicots.

Ce n'est qu'en allant vers l'ouest, à partir des dernières demeures humaines, que l'on retrouve une campagne de prairies coupées de haies, de fermes entourées de pâturages qui grimpent à mi-pente de douces collines, et ces alignements militaires des vignes qui apportent au pays sa richesse.

Dans une de ces prairies sauvées coule une rivière moins propre qu'elle ne l'était naguère, mais où frétillent encore les dos sombres des tanches.

Près d'une de ses rives, où paissent quelques vaches à robe blanche, un homme est endormi. Un rai de soleil le chatouille ; il s'étire, se redresse et observe la scène champêtre d'un air paisible. Il est jeune et paraît vigoureux.

Damien se lève et met la main en visière. Trois pies qui clabaudent en se déhanchant lui arrachent un sourire.

Il regarde autour de lui sans comprendre ce qu'il fait là. Cependant, des bribes de mémoire lui reviennent. Il a quitté l'asile et Albert. Donc il est libre et ne se fera pas reprendre.

Il s'étire encore dans le soleil comme pour s'y laver. Puis se déshabille vivement et entre dans l'eau, dont la fraîcheur le fait éclater de rire.

Il se frictionne vigoureusement et nage quelques brasses. Il ignorait savoir. Comme il ignore que la camisole chimique et les électrochocs administrés sans discernement ont eu raison de son intelligence.

Il sent la faim et regarde passer les poissons. Il tente de s'en saisir mais la tanche est plus vive que lui. Dépité, il sort de la rivière et se rhabille sans se sécher.

Il quitte la clairière, se dirige au hasard, et ce hasard ne tarde pas à planter sur son chemin une ferme où s'aperçoivent plusieurs bâtiments en U, entourant une cour encombrée, et où un homme, penché sur une « chèvre », scie du bois. Dans une deuxième cour, enfermé derrière un grillage, un chien aboie.

Damien se rapproche et le scieur, alerté, se redresse. Il plisse les yeux en deux traits et passe d'un coup de langue habile son mégot de gauche à droite.

— Bonjour, lui dit Damien en lui tendant la main.

L'autre la considère avec méfiance et s'en saisit du bout des doigts en hochant la tête.

Damien ne lui lâche ni les yeux ni la main.

— J'ai faim.

Le type déplisse un œil et retire sa main en forçant. Puis il regarde la bûche qu'il vient de scier, et y plante sa hache.

Damien sautille d'un pied sur l'autre en grimaçant. Il a très faim.

L'autre, sans regarder Damien, demande :

— Vous voulez ach'ter des œufs ? Y en a pt-êt'.

La porte de la ferme s'ouvre devant une vieille, bancroche et sale. Son mari la regarde, et lance :

— Y veut des œufs, y en a ?

La fermière reste muette et examine Damien. Son mari comprend.

— Vous avez d'quoi ach'ter ?

Damien n'en sait rien et plonge la main dans sa poche. Il en ressort un des billets de Deninger. Le fermier louche sur le format et lance un coup d'œil à la femme qui s'est rapprochée à la vue du billet. Faudrait pas que le Joseph aille se l'étouffer sans lui dire.

— T'as-t'y des œufs ? demande le fermier, qui sait bien qu'il y en a, vu qu'au marché ils les vendent aux gens des villes à prix d'or.

Elle regarde le Joseph qui comprend au quart de tour, et approche la main du billet qu'il saisit.

— Entrez donc, invite-t-il.

Damien, souriant, entre avec familiarité dans la ferme et plisse le nez devant l'odeur forte et inconnue. Il s'assoit à la grande table en bois où traînent sur un journal des épluchures de légumes.

Des carottes forment un petit tas. Damien en prend une et la croque. Joseph va protester mais sa femme lui lance un coup de coude. Avec ce qu'il vient de donner, le type peut bien s'enfiler tout le tas.

— Va-t'en chercher des œufs, intime Joseph.

Damien, assis tranquillement les coudes posés sur la table, les regarde en souriant. Les fermiers, eux aussi, le regardent, parce qu'ils trouvent que leur visiteur a une tête d'imbécile, à sourire comme ça dans le vide. Et pourquoi ses vêtements sont-y à moitié mouillés ?

La fermière revient avec six œufs dans un journal plié en cornet et les montre à Damien comme en confidence. Damien sourit et fait avec les mains le geste de les touiller. La fermière grimace vers son mari d'un air ahuri.

— Y voudrait bien, j'crois, qu'tu lui fasses en omelette ! s'esclaffe-t-il.

Non mais pis quoi ! pense la femme de Joseph. Elle arrondit la bouche.

— Si vous voulez que je vous les cuisine, minaude-t-elle, ce sera un peu plus cher...

Damien continue de sourire sans bouger. Joseph vole au secours de sa femme et frotte l'un contre l'autre le pouce et l'index. Damien secoue la tête et ressort de sa poche un billet de deux cents francs.

— Vous n'avez pas plus petit ? demande, aimable, la fermière.

Pour toute réponse, le jeune homme recommence le geste de touiller les œufs.

— Comme y voudra ! décide la femme en empochant sans vergogne la grosse coupure.

Elle va vers la cuisinière, sort une poêle, casse les œufs dans un bol légèrement malpropre, les bat, coupe un bout de beurre et fait glisser les œufs dans la poêle.

Joseph regarde sa femme avec approbation, ce qu'il n'a pas fait peut-être depuis leur nuit de noces. Le jeune gars suit chaque geste de la fermière, tel un apprenti attentif.

— Mets-y une assiette et du pain, et donnes-y donc un coup de rouge, à ce garçon, ordonne-t-elle à Joseph qui s'exécute.

Elle fait glisser dans l'assiette l'omelette baveuse de six œufs pendant que Joseph sert un « coup de rouge » à Damien, et à lui par la même occasion.

— Buvez-y donc, c'est du pas trafiqué, çui-là ! dit-il à Damien qui regarde son verre d'un air suspicieux.

Et pour l'encourager, sûrement, avale le sien d'un trait.

Damien ne s'en occupe pas et dévore l'omelette qu'il pose sur les tranches de pain devant les yeux ébahis des deux fermiers, qui n'ont pas vu depuis longtemps quelqu'un agité d'une telle fringale.

Il nettoie l'assiette, regarde avec bienveillance ses hôtes debout autour de lui, attrape son verre et le lampe. La chaleur du vin lui inonde la tête, et un instant il croit tomber.

La colère le saisit devant la traîtrise des fermiers et il se lève d'un bond, les poings serrés. Ceux-ci, devant le changement d'expression qui, en une seconde, est passée de paisible à furieuse, reculent.

Mais la vague de chaleur reflue dans la tête de Damien, qui en fin de compte se sent bien. Il sourit, même si ses yeux restent bouclés.

— Merci, dit-il.

Il regarde autour de lui, prend deux carottes et le pain qui reste, tend la main aux fermiers qui la lui serrent avec des pincettes, et sort dans la cour.

Joseph et sa femme plantés sur le pas de porte le regardent s'en aller après avoir salué de loin le chien qui s'égosille de rage.

Joseph et sa femme ne lisent jamais les journaux et ne possèdent pas de radio.

La région s'est recroquevillée comme une araignée sous l'eau. La presse nationale est venue relayer la régionale.

« Le boucher de l'Est » ouvre les journaux télévisés de l'ORTF.

La méfiance et les peurs ancestrales resurgissent. Les maires inondent le gouvernement de protestations et exigent la fermeture immédiate de l'asile.

On sait à présent qui est Damien. Son histoire fait la une des grands magazines, qui manient avec habileté le choix des mots et le poids des photos.

Au bourg, on veut constituer des milices que l'on appellera groupes d'autodéfense parce que « milices », ce n'est pas encore possible.

Les premiers à s'y présenter sont les chasseurs, suivis de près par les bouchers-charcutiers et les cafetiers.

Ils étaient tous là à l'enterrement de Deninger. Même le préfet. Walter les a observés et a retrouvé sur leurs traits le lâche soulagement d'avoir été épargnés par le monstre. Comme en d'autres temps.

Saurmann est au premier rang avec sa femme et sa fille, autant trahies que lui par la nature. On dirait trois poupées russes posées l'une à côté de l'autre en ordre décroissant.

La famille Deninger reçoit les condoléances avec dignité. La mère enfouie sous ses voiles noirs, le père appuyé sur sa canne.

Des confrères sont venus saluer le départ d'un concurrent qui s'était mis lui-même sur la touche en se droguant et en faisant du tort à la corporation à cause de cette habitude.

Deninger ne voulait pas de curé. Il en bouffait tous les jours, on le savait. N'empêche, par décence, on est allé chercher le prêtre pour qu'il bénisse la pauvre dépouille.

Walter est venu pour le dentiste, pas pour les autres. Il s'en va très vite et marche dans le cimetière. Il se dirige vers la stèle à l'écart, où sont inscrits les noms des siens. Une seule date, celle de leur naissance. Il ignorera toujours celle où ils sont partis en fumée, quelque part sous le ciel noir de la Pologne. On a trouvé qu'une photo, celle de sa petite sœur. Elle a été gravée sur un médaillon rond de porcelaine, couleur sépia. Déjà son regard s'est un peu fondu. Il reconnaît les boucles qui entouraient son visage de fillette souriante.

Il se souvient aussi du jour où la photo a été prise, celui de son huitième anniversaire. Parfois, il a du mal à retrouver les visages de son père et de sa mère. Ces jours-là, il pleurerait de rage.

L'autre famille aussi est inscrite. Six noms. Là non plus, pas de date ultime et pas de photos.

Rien que des noms gravés dans la pierre et des tombes vides.

Sous la voûte arrondie d'une cave fraîche, trois hommes bavardent. Il y a là Bentz et Deninger, pères, et Saurmann fils. Bentz débouche une deuxième bouteille de vin. Le bruit du bouchon fixe les regards. Il le renifle, et secoue la tête d'un air satisfait.

— Vous n'en boirez pas souvent des comme ça !

Saurmann, qui se balance sur ses jambes, les mains au fond des poches de son pantalon, acquiesce distraitement.

Bentz remplit les verres et on procède à la cérémonie de la dégustation avec claquements de langue et dodelinements de chef.

— C'est du bon, convient Saurmann.

Deninger approuve sans rien dire. Saurmann regarde Bentz.

— Hein, vous vous rendez compte, en pleine rue, me gifler ! Y avait un monde…

C'est la deuxième fois que Saurmann raconte.

— Alors quand j'l'ai vu là, au cimetière !

Bentz hoche la tête de compréhension, tandis que le vieux Deninger, assis les deux mains appuyées sur sa canne, ne pipe pas. Il a encore du chagrin d'avoir enterré son fils. Ça le surprend un peu. Ce que lui a rapporté Saurmann doit y être pour quelque chose. Se faire traiter de criminels par ce Juif !

— Je ne sais pas ce qui m'a retenu de lui casser la gueule ! achève Saurmann en vidant son verre.

— La raison, sans doute, dit Bentz. C'est ce qu'il espère, nous faire perdre notre sang-froid. Tu sais, mon petit Louis, t'étais jeune à l'époque, mais le père Walter, quand il a été arrêté, paraît qu'il a maudit le village en entier… c'est les voisins qui l'ont entendu. C'est pas des bons, ces gens-là. Je vous ressers ?

Saurmann et Deninger tendent leur verre.

— J'veux pas qu'il m'emmerde, c'est tout ! éructe le gros Saurmann. J'y suis pour rien, moi, dans cette arrestation ! À l'époque, les Juifs se faisaient tous embarquer ! Y a pas qu'ici ! On dirait que c'est les seuls !

Ils boivent, mais le plaisir est un peu absent. Saurmann se demande si le notaire est capable de faire venir des tueurs du Mossad dans la région. Paraît qu'ils ont des équipes spéciales pour rechercher les criminels nazis. Ce serait pas étonnant. Ils se tiennent drôlement les coudes !

Deninger fait des ronds dans le sable avec le bout caoutchouté de sa canne. Y a pas trois heures que son fils est en terre et ces deux-là n'y pensent déjà plus !

— Pour l'moment, maugrée-t-il avec force, faudrait surtout qu'ils attrapent cet assassin !

Gênés, les deux hommes grimacent en secouant la tête.

— Ça c'est sûr, dit Saurmann, ce pauvre Lionel, quand j'y pense ! Ça nous a tellement foutu un coup qu'on ne sait plus où on en est, hein, m'sieur Bentz ?

— J'comprends... pauvre Lionel... ah, t'as pas de chance, décidément, mon pauvre Deninger... j'l'aimais bien ton fils, c'était un peu comme le mien...

Deninger se raidit, parce qu'il pense que Bentz va lui rappeler que c'est grâce à lui que Lionel est devenu dentiste, mais l'autre n'ajoute rien.

— Mais qu'est-ce qu'il veut faire ? s'entête Saurmann, qui déjà oublie le dentiste.

— Qu'est-ce qu'il PEUT faire ? corrige Bentz. Rien. Il ne peut rien faire. Il a récupéré ses biens (il lance un rapide coup d'œil à Deninger), il a récupéré des pseudo-héritiers pour le Magasin National, il a racheté la charge de Noiret, j'vois pas, franchement, j'vois pas !

Deninger n'ose pas demander s'il y a prescription. D'ailleurs, prescrire quoi ? S'ils ont été obligés de prévenir la milice, c'était pour éviter que le bourg ne subisse des représailles. Tous étaient d'accord. Enfin, tous ceux qui étaient au courant. Valait mieux sacrifier quelques personnes, qui de toute façon risquaient d'être prises, qu'un village entier. Qu'après on se soit occupé des biens de ces déportés, c'était normal. Il ne voyait pas ce qu'il y avait de mal à ça. Quand on lui avait demandé, il avait déménagé aussitôt.

— Alors, pourquoi il est revenu ? s'entête Saurmann.

— Enfin, c'est son pays ! s'emporte Bentz. Son
oncle était juge à Colmar, ses grands-parents
étaient de Strasbourg, ils sont d'ici depuis je ne
sais pas combien de temps ! Pourquoi veux-tu qu'il
aille ailleurs ? Il a sa maison ! Enfin quoi, c'est
normal !

Bentz s'irrite de l'inquiétude de Saurmann, qu'il
trouve contagieuse. Mais il est bien trop orgueilleux
pour l'admettre.

— Même s'il nous en veut pour ses parents,
reprend le futur sénateur, il devra bien comprendre qu'il ne peut rien faire. Ou alors, faudrait mettre dans le coup la préfecture, la police, toute
l'administration, quoi ! On sait même pas qui
c'étaient, ces miliciens. Ils n'étaient pas du coin.

Il vide la bouteille dans son verre et va la passer
sous le robinet. Des gestes qu'il a toujours faits. Si
on ne rince pas aussitôt, le tanin peut marquer et
après, faut frotter.

— Bon, s'agite Saurmann, qui a tout à coup
envie de revoir la lumière du jour. Je ne m'ennuie
pas, mais il faut que je vous laisse.

Il se penche vers Deninger et lui pose la main
sur l'épaule.

— Vous en faites pas, monsieur Deninger, ils
vont le retrouver, ce salopard, et cette fois j'espère
bien qu'ils lui couperont la tête. Je l'aimais bien
Lionel, comme nous tous, c'était un ami formida-
ble, même si parfois il nous arrachait les bonnes
dents ! (Il se force à rire.) On est de tout cœur,
monsieur Deninger.

Deninger ne relève même pas la tête vers Saurmann. Pourquoi le cinglé ne s'en est-il pas pris à ce gros plein de soupe au lieu de son fils ? Bon Dieu, le malheur c'est toujours pour les mêmes !

Il se lève brusquement et les plante là, les laissant comme deux ronds de flan.

À croire que ce sont eux qui ont zigouillé le pauvre Lionel, réagit l'industriel. Décidément, il est pas net, le vieux.

Le « vieux » remonte dans sa camionnette et démarre en direction de chez lui, où il sait retrouver sa femme Antoinette en pleurs.

C'est pas qu'il y avait tellement de tendresse entre elle et son fils, mais quoi, c'était son fils. On n'est pas habitué à faire des chichis, comme chez les gens des villes qui, quand ils perdent leur chien, en font un vrai deuil ! Des chiens, il en a vu passer dans sa vie, c'est pas pour ça qu'il chialait quand ils crevaient !

Il arrive dans sa cour et s'arrête. Tout est silencieux. Dans ses vignes travaillent des ouvriers qui ne sont même pas les siens.

Toute la récolte, cette fois encore, servira pour les reconnaissances de dettes de l'année. S'il se tient tranquille, et s'il ne remet plus les pieds dans les cercles de poker de Strasbourg, il aura éponge d'ici deux ans. Après, les barriques ce sera pour lui. Il l'a promis. Il se l'est promis.

C'est Noiret qui lui a trouvé les prêteurs qu'il n'a jamais rencontrés : 17 % l'an, une paille ! Mais c'était ça ou il perdait tout. Encore du pot que la vigne ait bien donné ces dernières années. Une tempête de grêle, un coup de gel, de la flotte les dernières semaines d'août, la maladie, n'importe quoi, et il plongeait !

Il entre dans la salle basse qui n'a guère changé depuis qu'ils ont réintégré la ferme, à part l'eau sur l'évier et les chiottes dans l'appentis.

En haut, il parie que l'Antoinette doit chialer dans son oreiller. Il s'assoit lourdement sur sa chaise, devant la table.

Ils n'ont pas reçu les gens après l'enterrement, comme c'est la coutume. C'est Antoinette qu'a pas voulu et pour une fois, il l'a écoutée. À quoi bon dépenser de l'argent pour du monde qu'en a rien à foutre de leur malheur ! Tout ce qui les intéresse, c'est de parler aux journalistes et de passer à la télé. À les entendre, ils étaient tous les amis de Lionel. Tu parles !

Machinalement, son doigt caresse une profonde entaille dans la table. Ça l'avait fait drôlement gueuler, cette entaille. C'était Lionel qui l'avait faite tout même, avec un couteau suisse que son oncle lui avait donné en cadeau. Il s'était ramassé une belle torgnole ! Deninger revoit la scène comme si c'était hier, et des larmes lui piquent les paupières. Il les essuie d'une main furtive et honteuse.

Mais sa gorge se serre d'un coup et des sanglots gros comme des grêlons viennent l'étouffer. Putain de vie, son fils unique ! Dentiste, alors que son grand-père savait même pas lire ! Putain de vie, qui a fait que son fils le méprisait à cause de cette putain de guerre ! Bon Dieu, mais s'il a fait ça, c'était pour les protéger ! Paraît qu'il avait les mains et les poignets en sang, son môme, quand ils l'ont trouvé. Pour se défendre, ont dit les gendarmes. Putain de vie, nom de Dieu !

Il s'écroule en sanglots sur la table, Deninger. Le vieux Deninger.

Bentz raccompagne Saurmann à sa voiture. Il passe une main sur l'aile de la Mercedes.

— T'en es content ?

— Très. On a beau dire, mais les Schleus ils ont du bon matériel.

— Ça, si en France on travaillait comme eux ! Mais avec leurs foutus syndicats… moi je vais changer la mienne bientôt.

— Vous avez une DS ?

— Une ID, c'est à peu près pareil mais moins puissant.

— Pourquoi vous n'en prenez pas une comme ça ? Je connais un concessionnaire, de l'autre côté, qui vous ferait un prix.

— Je ne peux pas. Si jamais mes projets marchaient, je peux pas me balader dans une voiture allemande. Les gens n'aimeraient pas beaucoup ça.

— C'est vrai. Un sénateur, faut que ça montre l'exemple, dit Saurmann en riant. Bon, m'sieur Bentz, pour Walter, alors, on bouge pas ?

Bentz ne répond pas tout de suite et regarde vers l'horizon. Vers ses rangs de vigne.

— Tu sais, bien sûr, que… « notre ami » a engagé un détective…

— Quoi ?

— … et que ce détective a interrogé plein de gens dans le coin. Je pense même qu'il a obtenu les P.-V. des conseils municipaux quand on y siégeait, ton père, moi et Deninger.

— Non ?

— Et je ne crois pas qu'il ait fait tout ce cirque pour des clous.

— C'est-à-dire ? éructe l'industriel, qui sent sa gorge s'assécher.

— Je n'ai pas voulu en parler devant ce pauvre Deninger qui a bien assez de malheurs, mais moi je crains que ce con de notaire nous foute des bâtons dans les roues. Et moi, tu vois, ça ne m'arrange pas. Les grands électeurs vont se réunir bientôt pour élire un tiers des sénateurs et j'espère bien figurer sur les listes. Quant à toi, mon pauvre vieux, je ne sais pas ce qu'il a contre toi, mais quoi que ce soit, ça peut drôlement te porter tort.

Bentz fixe son interlocuteur de l'air de celui qui est au courant.

— Ah, ben, moi, moi... s'agite Saurmann en déployant ses bras courts, moi... je suis le fils de mon père, si on va par là ! C'est tout !

— Ouais... mais tu sais, quand on veut noyer son chien, on dit qu'il a la rage...

Bentz s'est mis en position de Drogo, du *Désert des Tartares*, le regard perdu sur l'horizon. Saurmann le regarde et trouve que pour son âge, il est drôlement en forme.

— Alors... qu'est-ce que vous pensez ?

Bentz lâche l'horizon et examine le sol où son pied trace des lignes aléatoires.

— Ben, moi, j'ai toujours eu pour principe d'attaquer pour me défendre... lâche-t-il au bout d'un moment.

116

— Ben, oui…

— … parce que quand quelqu'un remue la merde, tout le monde est éclaboussé. Toi, si on ressort l'histoire de ton père à la mairie, tu vas voir tes clients ! En plus, t'as souvent des commandes de l'État… Il peut tous nous faire du tort, cet abruti, avec ses histoires. C'est la théorie des dominos, tu sais ?

Saurmann acquiesce au hasard

— Quand t'en fais tomber un, tous suivent.

Il reprend au bout d'un moment.

— J'ai quelques amis qui se sont installés dans le coin, au retour d'Algérie. Ils étaient interdits de séjour à Paris, alors ils sont venus ici. Ils tiennent des commerces avec des prête-noms, tu vois ?…. Des gars de l'OAS, qui maintenant appartiennent au SAC, tu vois ? Des durs… protégés en plus par des types du gouvernement… des gaullistes…

Il rit.

— Marrant, non, des gaullistes ? Ils ont essayé de faire la peau à l'autre grand et ils se retrouvent tout près de lui… c'que c'est que la politique, tout de même, faut savoir nager…

— Et alors ? demande Saurmann qui ne suit pas.

— Alors, j'ai pensé qu'ils pourraient bien lui secouer les puces au rescapé…

— Les gaullistes ?

— Les gars du SAC.

Saurmann s'arrête de respirer. Faire la peau au notaire ?

— Mais… heu… le tuer ?

Bentz le regarde en secouant la tête.

— Tu dérailles, mon gros ! Tu crois qu'il n'y a pas assez de tintouin en ce moment, dans le coin ? J'ai dit le secouer, pas l'occire. Dis donc, t'es radical, toi !

— Non, non, au contraire...

— Bon, je te tiendrai au courant, dit Bentz en remontant vers chez lui. En attendant, tu la fermes, hein, le gros ?

Saurmann déteste qu'on le traite de gros. Il déteste quand on lui parle comme ça. Mais Bentz l'impressionne. S'il est sénateur, il se fera des couilles en or avec les commandes de l'État. Il marchera à fond avec lui.

Une portion de vingt kilomètres qui se taille la route en se faufilant au travers des mélèzes. Une belle promenade l'été, et même l'hiver quand les branches des pins ploient sous la masse de la neige, avec leurs aiguilles en cristal.

Mais ce soir c'est franchement sinistre, pense Walter. Même s'il a passé l'âge des frayeurs nocturnes, l'idée que le pinceau de ses phares risque de voir surgir le monstre en liberté a de quoi le faire frémir.

Il revient d'une soirée hors du temps chez un hobereau pittoresque, qui tient sa maisonnée comme s'il vivait au XVIIe siècle. Il voulait déshériter son fils qui vit en Afrique avec une Africaine, et sa fille, parce qu'elle est « montée » à Paris s'essayer dans la chanson.

Il a mis le temps du repas et du cognac à lui faire entendre qu'il n'est ni juste ni légal de déshériter ses enfants. Ils se sont séparés bons amis.

Walter est fatigué, davantage même. Il est presque décidé à repartir. Il a compris qu'il ne peut rien contre ceux qui ont assassiné sa famille, et surtout qu'il n'est pas certain d'en avoir encore envie.

La radio diffuse la chanson de Prévert qui dit que le vent efface sur le sable les pas des amants et les souvenirs dont on veut se défaire. Le temps n'efface pas la haine, il la relativise.

Soudain, il enfonce la pédale de frein. Là, au travers de la route et presque couché dans le fossé, une forme humaine est sortie de la nuit.

Walter s'arrête, hésite à descendre. Si c'était une nouvelle victime du fou, quelle horreur va-t-il découvrir ?

L'homme, car c'en est un, est couché sur le ventre. Walter, qui s'est décidé à descendre, s'approche avec précaution. Ses yeux fouillent la nuit avec crainte. Mais il n'y a autour que la forêt profonde, frémissante de ses bruits nocturnes.

L'homme, qui paraît jeune, est blessé. Du sang coagulé poisse ses cheveux blonds et son bras gauche est salement amoché. Mais il vit. Son souffle est aussi régulier que celui d'un homme endormi.

Walter se penche vers lui, le retourne avec précaution. Les phares qui les éclairent lui font reconnaître un visage vaguement familier.

Il soulève le blessé et le traîne jusqu'à la voiture, où il l'installe à côté de lui. Il ramène son bras sur le torse pour ne pas salir les coussins et repart avec précaution. À cette heure, il n'y a qu'à l'hôpital qu'il trouvera des secours.

À peine la voiture s'est-elle remise en route que le blessé ouvre les yeux. Il tourne la tête vers Walter.

— Ça va ? demande le notaire, qui au même moment sent son estomac se recroqueviller et une sueur l'inonder.

Il vient de reconnaître le blessé. Son cœur s'affole et il s'oblige à respirer. Quel humour du destin. Il est revenu pour se faire égorger sur une route déserte. Dieu doit bien rire dans son boudoir !

— J'ai mal au bras et à la tête, répond l'homme.

Walter sursaute, tant sa voix est normale.

— Je vous emmène à l'hôpital, dit Walter, reprenant un vague espoir.

Peut-être aura-t-il le temps de l'y déposer avant que le fou meurtrier ne se déchaîne.

D'ailleurs, qu'est-ce qui le rend dangereux ? Walter sait que les pires fous, les schizophrènes les plus atteints, les névropathes, les délirants, comme ceux qui ne distinguent pas le bien du mal, peuvent connaître de grands moments de rémission qui les ramènent dans la normalité.

— L'hôpital ?

Le ton a changé. C'est celui de la peur.

— Non, pas l'hôpital, papa, s'il te plaît... ramène-moi à la maison... tu... tu me feras un pansement...

Walter retient son souffle. Il reste dix longs kilomètres avant la première agglomération et l'autre l'appelle... papa. Nul doute que son esprit est en pleine confusion. Cet état indique-t-il une montée de crise ou au contraire une phase d'apaisement ?

— Elle est où, votre maison ? demande-t-il.

Il a ralenti pour surveiller son passager, tout en sachant qu'il ne pourra rien, si l'autre perd la tête.

— Mais... mais... chez nous.

Walter arrête la voiture et se tourne vers le jeune homme.

— Je ne suis pas votre père et ma maison n'est pas la vôtre. On doit vous soigner.

— Toi, tu me soignes ! s'exclame le garçon joyeusement. D'ailleurs, je n'ai plus mal, regarde ! dit-il en agitant son bras.

— Vous... pourquoi tu ne veux pas aller à l'hôpital ?

Son visage se ferme. Il fixe la route devant lui.

— Pourquoi ? insiste Walter.

— Parce qu'ils me font du mal, à l'hôpital.

Walter l'observe. Son passager n'a rien du monstre décrit dans les journaux. Assis là, avec son front où sèche le sang et sur lequel retombent des mèches blondes d'adolescent, il ressemble plus à une victime qu'à un criminel. Pourtant, il a massacré Lionel Deninger.

— Qui t'a blessé ?

— Une voiture, répond le jeune homme d'un air bougon. Je marchais, j'étais fatigué, j'ai fait signe, il m'a bousculé, fait tomber... voilà.

Walter se demande s'il dit la vérité. Pourtant l'accent y est.

Bien que ce soit un assassin, la Justice l'a laissé vivre. Mais si maintenant elle le retrouve, elle le tuera. Ou plutôt, l'opinion publique le tuera. Les sondages dont les Français raffolent ont été formels.

Son histoire a éclipsé dans les journaux les bruits de bottes du Moyen-Orient. C'est pas tous les jours que naît un Jack l'Éventreur, tandis que les guerres...

Walter pense en même temps aux autres vrais grands criminels qu'on laisse en liberté, pour ne pas fâcher les nations avec qui l'on commerce. Tous ces nazis réfugiés dans les pays amis et qui coulent des jours paisibles... A-t-il le droit de livrer cet homme qui dans son genre est un innocent, dans la pleine acception du terme ?

Dans la tête de Walter rugit un maelström de pensées contradictoires.

— Comment t'appelles-tu ?

Le jeune homme le regarde et sourit.

— Damien.

— Tu voudrais... tu voudrais retrouver ta vraie maison avec ta mère ?

Damien fige son regard sur la route. Ses yeux bougent comme s'ils suivaient une scène tandis que son souffle s'accélère.

Ils sont seuls dans la nuit, sur une route bordée de forêt sur des kilomètres. La demeure la plus proche, Walter vient de la quitter, et elle se trouve à présent à vingt minutes de route.

Pourtant, Walter n'a pas de mal à maîtriser sa peur, qu'il sent artificielle. Damien l'émeut davantage qu'il ne l'effraie. C'est dans sa tête qu'il trimballe les vrais monstres. C'est pour les vaincre qu'il est revenu.

Il avance la main vers le front de Damien et, se décidant, lui remonte sa mèche de cheveux, poisseuse de sang coagulé. Au-dessous, une large entaille entame le haut du front et autour, les chairs ont bleui.

— C'est douloureux ?

— Pas trop, répond Damien en souriant.

Leurs regards se croisent et Walter imagine que le sien est plus boueux que celui du garçon.

— Tu as compris que je ne suis pas ton père ?

Damien sourit sans répondre.

— Veux-tu que nous rejoignions ta mère ? propose Walter qui ignore où elle est.

Damien secoue la tête.

— Non, je veux rester avec toi.

— Pourquoi ?

— Parce que tu es doux et que tu ne me fais pas peur.

— Je vais te soigner, se décide soudain Walter, après on avisera. Allez, on rentre.

Saurmann pénètre dans le café, où le brou-haha et la fumée se partagent l'espace en parts égales.

Du regard, il fait le tour des tables et voit qu'on lui fait signe près du mur du fond. Ils sont déjà là. Il les rejoint et celui qui l'a hélé lui serre la main avec un grand sourire.

— Bonjour, assieds-toi, tu connais mon copain ?

Saurmann acquiesce à contrecœur. Il ne se souvenait pas que ce connard le tutoyait.

Les deux types sont des spécimens représentatifs de ce monde des petits malfrats qui pense moins avec sa tête qu'avec ses poings. Des hommes de peine, même pas des hommes de main. Des corvéables qu'on achète avec une poignée de cerises et qu'on charge des basses besognes.

Ces deux-là, dans le temps, lui ont cassé une grève qui risquait de mal tourner. Pas trois mois qu'il avait remplacé son père que les ateliers crient au charron pour une histoire de cadence et arrêtent les chaînes. La production bloquée, les clients déchaînés, les banques inquiètes, pendant que dans les ateliers, trente zigotos alimentent en croisant les bras le brasier qu'ils ont allumé.

Affolé, le nouveau P.-D.G. s'en va trouver le toujours providentiel Bentz qui le rassure, et lui propose une équipe de mauvais.

Ni une ni deux, une demi-douzaine de zigs armés de bâtons surgissent dans l'atelier occupé, à l'heure où l'aurore ne s'est pas encore pointée, et virent les grévistes à peine réveillés. L'un d'eux, qui renaude, a le bras cassé. À dix heures, on ouvre les grilles et chacun reprend sa place.

Par souci d'apaisement et parce qu'il est encore jeune, Saurmann donne dix mille francs au blessé et autant au syndicat. Et voilà, basta !

— Alors, qu'est-ce qui nous vaut l'honneur ?

Saurmann pince les lèvres sans répondre. Il cherche comment remettre à sa place ce trou du cul ! Pour se donner du temps, il fait signe au garçon.

— Whisky. Irlandais, si vous avez.

Les deux toquards boivent une Suze.

— Mince, vous pouvez boire ça ! s'exclame le deuxième.

Ah, bon. Celui-là vouvoie, donc l'autre se donne des allures de chef. Saurmann ne répond pas. Il examine autour. Ils lui ont donné rendez-vous dans un café où il ne va jamais, près du stade, où se réunissent les supporters du club de foot local et les ouvriers d'une grande papeterie toute proche, connue pour la rage revendicatrice de ses ouvriers affiliés au syndicat du Livre.

Le garçon lui apporte son whisky.

— J'avais que de l'écossais, j'vous l'ai quand même apporté. Si vous n'en voulez pas…

— Ça va, ça va...

Il goûte, faisant mine de s'y connaître. Il trouve que boire du whisky a de la classe. Pourtant, celui-ci est particulièrement dégueulasse. Il brûle la gorge sans avoir aucun goût. Si c'est avec ça que l'autre taré se régale !

— Alors, quoi de neuf ? insiste le pseudo-chef qui a le cheveu clairsemé et gras, l'œil insolent, et se nomme Dufour.

— Qu'est-ce que vous faites en ce moment ? retourne Saurmann, qui refuse de donner la moindre prise et regrette déjà son initiative.

— Ben, comme d'habitude, on s'occupe. Y a toujours du travail pour les gars comme nous, ricane-t-il.

Lui non plus ne veut pas donner prise. On les a appelés, c'est au gros lard de parler. C'est normal. C'est çui qu'a besoin qui ouvre.

— On pourrait peut-être aller ailleurs pour en discuter, propose Saurmann qui craint qu'un de ses employés débarque.

— On est bien, ici, regimbe l'autre. Maintenant si tu préfères...

C'est sa tactique. Refuser, puis accepter, comme s'il faisait une fleur qu'on devait lui renvoyer.

Saurmann hésite. En fin de compte, il s'en fout.

— Bon, commence-t-il en posant ses coudes sur la table et en baissant la tête, je vais avoir besoin de vos services pour... heu... pour décourager un emmerdeur.

Les deux voyous se lancent un coup d'œil.

— Décourager ? répète celui aux cheveux gras.

— Oui. C'est ça, décourager.

— Jusqu'où ?

L'industriel pince les lèvres. Bentz veut seulement faire peur. Mais le seuil de peur est différent pour chacun. Pourquoi, justement, ne pas profiter de ce qui se passe en ce moment dans la région pour solutionner définitivement le problème ? L'histoire de l'épée au-dessus de la tête, ce n'est pas confortable.

— C'est vous qui verrez, mais je voudrais... qu'il soit découragé pour un sacré bout de temps, si vous voyez ce que je veux dire, répond-il en évitant le regard du malfrat.

Doucement les crosses, c'est pas dans le menu, pense Dufour. Si le gros veut à la carte, va y avoir des suppléments. Et à condition de trouver les gâte-sauce. Il regarde son pote, Boissard, avec qui il bosse depuis un bon moment.

Depuis presque vint ans, ça fait un bail. Jusquelà, ils donnaient plutôt dans le racket. Videurs, chauffeurs, ne refusant pas de cogner si besoin était quand le travail était bien payé, mais préférant l'intimidation bien menée.

— C'est qui, l'emmerdeur ?

— Vous acceptez ou non ? renvoie Saurmann.

Les deux types se regardent.

— Faut qu'on se parle avant, dit Dufour.

— Si vous voulez.

Ils sortent du bistrot, la tête rentrée dans les épaules. Saurmann finit son whisky parce qu'il va le payer.

Au bout d'un moment, ils reviennent et se laissent choir sur leurs chaises.

— On est d'accord, mais à condition que ce soit pas une célébrité et que ça rapporte gros, lâche Dufour.

— Vingt mille francs, répond Saurmann. Dix mille avant, dix mille après. Et c'est pas une célébrité.

Dufour fait mine de réfléchir. C'est bien plus qu'il n'espérait, pense-t-il en faisant la conversion en anciens francs. Putain, l'autre mec ça doit pas être n'importe qui ! Il regarde son copain en train de reluquer le cul de la serveuse.

Comme d'hab', c'est à lui de décider.

— Banco, mais un million cinq avant, cinq cent mille après.

— D'accord, acquiesce Saurmann qui s'attendait au marchandage.

Ils s'observent comme dans les films de Gabin. Ils sont intimidés par les rôles qu'ils se sont donnés.

— On fait comment ?

— Je vous contacterai en vous donnant les détails.

— Ça me va, dit Dufour qui s'habitue à son personnage.

— Je sors le premier, conclut Saurmann.

Il se lève sans les saluer et sans payer son whisky. Ça fera partie de leurs frais.

Damien est content. Sa chambre lui plaît. Elle est douce. Est doux ce qui sent bon ou a de jolies couleurs. Doux quand il ne souffre pas. Doux aussi le silence.

Papa ne fait aucun bruit et sent bon. Papa n'est pas papa. Mais tant pis. Il se comporte comme un papa. Il l'a nourri, soigné, et après s'être lavé dans la salle de bains, Damien a dormi dans un lit aux draps frais et bleus. Comme chez maman. Enfin, il croit se rappeler...

Papa qui n'est pas papa lui a interdit de sortir de la maison et même de se mettre à la fenêtre. Damien le lui a promis. Il ne veut surtout pas le fâcher.

Cette nuit, Damien n'a pas dormi et s'est souvenu de tout ce qu'il avait fait. Il a beaucoup pleuré en pensant à Albert. Et aussi à l'homme en blouse blanche, comme un docteur, qui l'a reçu chez lui et qui lui a fait si peur qu'il s'est défendu. Il regrette. Oh, comme il regrette. Il ne voudrait surtout pas que papa l'apprenne. Il ne lui dira jamais.

Mais maintenant c'est fini. Il n'aura plus peur.

Ce matin, papa est venu le trouver et lui a dit de ne pas sortir de sa chambre, parce qu'une dame allait venir et elle ne devait pas le voir. Surtout pas. Tu as compris ? Oui, oui, j'ai compris. Je vais te donner ton petit déjeuner et je reviendrai à midi manger avec toi. La dame sera partie. Tu as compris ? Oui, oui, j'ai compris.

Quand la dame a été là, au bout d'un moment, Damien a voulu la voir, parce qu'elle faisait le même bruit que sa maman quand celle-ci passait l'aspirateur. Mais la porte de la chambre était fermée. Ça l'a énervé sur le coup, mais ça lui a vite passé.

Damien s'est habitué à ce rythme, d'autant que la dame au bruit ne vient pas tous les jours. Quand il est seul, il peut se promener dans toute la maison, à condition de ne pas s'approcher des fenêtres.

Un jour, il s'est senti tellement bien que quand papa est revenu pour déjeuner, il a trouvé le repas sur la table. Des pommes de terre et du riz.

Papa a été tellement content qu'il l'a emmené se promener au jardin après le repas.

Damien a regardé les fleurs, si douces, et ils se sont assis dans des chaises longues et ont discuté. Discuté comme deux amis.

Damien, qui se sentait merveilleusement bien, a raconté sa vie avant… avant qu'elle n'ait changée. Sa mère, son frère. Il s'est souvenu de son père presque au moment où papa allait repartir au bureau.

— On allait le voir avec maman.

— Qui ?

— Mon père. Je me souviens. Il était malade. Je ne sais pas de quoi. Maman disait qu'il était nerveux et que c'est pour ça qu'on le mettait là. Parce qu'il était nerveux. Mais je l'ai vu aussi à la maison. Et puis on est venu le chercher et je ne l'ai plus revu. On est venu le chercher quand il a voulu nous faire du mal à mon frère, maman et moi.

— Ah bon ?

— Oui. Je me souviens, j'allais à l'école. Je n'étais pas très bon et il y avait un maître qui venait à la maison. Au début, je l'aimais bien.

— Au début ? Assieds-toi, raconte-moi.

— Ma mère allait voir mon père, mais seulement avec mon frère parce qu'elle disait que j'étais trop jeune, et que de toute façon mon père était tellement fatigué qu'il valait mieux ne pas l'embêter. Moi, j'aurais bien voulu le voir, parce que je sais qu'il ne voulait pas vraiment nous faire du mal, mais que c'était sa tête qui lui disait. Comme moi, vous voyez ?

— C'est ta tête qui te dit de faire des bêtises ?

— Plus maintenant. Maintenant elle est douce.

— Bon. Alors, ton maître ?

— Mon maître ? Oui… il m'a très énervé.

— Pourquoi ?

À ce moment, le dialogue a accroché parce que Damien s'est fermé. Difficile de raconter ça. C'était pas bien pour maman. Et c'était pas bien pour lui.

C'était pas grave, parce que ce jour-là, papa qui n'était pas papa et lui avait dit de l'appeler Jean-Pierre n'avait pas insisté et était parti au bureau. C'est le lendemain soir qu'il avait questionné Damien alors qu'ils étaient tous les deux allongés sur la pelouse à regarder les étoiles dans le ciel et à respirer cet air si bon qui donnait à Damien envie de pleurer de bonheur.

— Comment tu te sens, Damien ?

— Très, très bien.

— Tu sais que je ne pourrai pas te garder encore très longtemps ?

Dans la poitrine de Damien, une épée glacée est entrée. Elle s'est allongée jusque dans le ventre, et là, s'est tortillée. Il s'est brusquement penché en avant et a vomi tout le repas qu'il avait préparé. Des pâtes et du riz. Il est tombé sur les genoux et papa l'a redressé.

— Damien, Damien, qu'est-ce qui te prend ? Je te croyais devenu raisonnable. Tu sais parfaitement, puisque toi-même tu m'en as parlé, après l'avoir vu au journal de la télévision, que la police continue de te chercher. Tu sais aussi que tu dois être surveillé pour que tu n'aies pas peur. Et tu comprends que tu ne peux pas rester caché chez moi toute ta vie. Si je t'ai gardé... asseyons-nous sur les chaises longues... Voilà, allonge tes jambes... si je t'ai gardé avec moi, c'était pour que la colère des gens s'apaise... parce que tu ne sais pas ce que c'est une foule en colère qui ne se maîtrise plus... une foule... c'est mille bras armés et décidés à tuer. Et toi, ils ne doivent pas te tuer parce que tu... parce que tu es différent. Mais ça, à l'époque de leur colère, ils l'avaient oublié. Est-ce que tu comprends tout ce que je te dis, Damien ?

Pas tout. Il ne comprend pas tout. Il comprend seulement qu'il va quitter Jean-Pierre. C'est la première fois que dans sa tête il le nomme autrement que « papa ».

L'épée s'est retirée en laissant des dégâts derrière elle. Il ne veut pas partir de cette maison douce ; il ne veut pas retrouver Antoine et Roger et les fils qu'on lui pose sur la tête qui déchirent ses nerfs et le font hurler de douleur. Il ne veut pas que ses bras soient collés dans son dos. Il ne veut pas être attaché sur son lit, et y rester si longtemps qu'il ne peut plus retenir ce qui sort d'entre ses jambes.

— Damien, fais-moi confiance, je m'occuperai personnellement de ton placement. On ira voir le procureur de la République, un personnage important. Moi, je serai puni pour t'avoir soustrait à la police, mais toi on t'enverra dans un hôpital. C'est la condition que j'exigerai. Tu ne dois pas avoir peur. Un hôpital un peu différent, c'est tout.

Paula Bentz regarda avec surprise son mari reposer brutalement le combiné de téléphone et revenir furieux dans le salon.

— Qu'est-ce qui vous prend ? demanda-t-elle en écartant son magazine.

Bentz fixa son épouse, l'air absent.

— Ce qui me prend ? lâcha-t-il, c'est que mon père pense que Walter, le fils Walter, est revenu pour… comment dire ? effectuer des recherches sur les conditions de l'arrestation de ses parents.

— C'est possible, vous-même avez pensé que son retour n'était pas fortuit.

— Bon, mais ce n'était à l'époque qu'une supposition. Ce type qui débarque vingt ans après sans tambour ni trompette avait de quoi surprendre. Mon père m'a appris qu'il avait engagé un détective.

— Ici ?

— Oui. Ce détective a interrogé les gens qui pour la plupart n'ont rien dit, faute de savoir, mais il a réussi à obtenir les procès-verbaux des réunions du conseil municipal de l'époque.

— Quelle époque ?

— Mais celle de la guerre ! Je ne sais pas moi ! 1943, l'année où sa famille a été arrêtée et déportée.

— Et alors, en quoi ça vous concerne ?

— Parce que, figurez-vous ma chère, puisque vous semblez l'avoir oublié, que c'était mon père qui remplaçait le maire, en traitement dans un sanatorium. Mon père, celui de Saurmann et celui de Deninger. Plus d'autres, bien sûr. Mais c'étaient eux trois qui, à l'époque, prenaient les décisions concernant la commune. Les Allemands, d'après ce que j'en sais, voulaient des interlocuteurs privilégiés auprès des populations.

— Vous voulez dire des... collaborateurs ?

Bentz lança un regard noir à sa femme en haussant les épaules.

— Bien, reprit Paula, mais quel rapport avec la déportation de la famille Walter ? Ce sont les Allemands qui s'en sont chargés, non ?

— Évidemment ! Seulement ce sont des miliciens français qui sont venus les arrêter !

— Votre père n'en faisait pas partie, que je sache ? Ou alors un grand pan de notre histoire m'a échappé, persifla Paula.

Son mari haussa les épaules avec colère.

— Évidemment qu'il n'était pas milicien ! Mais à l'époque, ça allait déjà mal pour les Allemands. Les Américains débarquaient en Sicile, Stalingrad avait résisté ! Ils se débandaient en commettant encore davantage d'atrocités... Souvenez-vous, ensuite, ce qu'ils ont fait à Tulle, Oradour, et bien d'autres. Alors ils exigeaient des communes qu'elles leur livrent les résistants, les Juifs, et tous ceux que ces salauds pourchassaient.

Paula alluma une cigarette. Ce que son mari lui apprenait ce soir était que son vieux libidineux de beau-père aurait très bien pu être à l'origine de la dénonciation aux Allemands des familles juives de la commune.

— Et vous étiez au courant ? demanda-t-elle en évitant de le regarder.

— De quoi ?

— De ce que votre père et ceux de vos meilleurs amis sont probablement à l'origine de la destruction de la famille Walter et de la famille Blum ?

— Vous êtes folle ! Qu'est-ce que vous racontez ?

— Arrête, docteur Bentz, pas à moi. Tu le savais ou pas ?

— Bien sûr que non ! Comment l'aurais-je su ? J'avais vingt-sept ans à l'époque, et le cul des filles me passionnait plus que leurs histoires de guerre et de résistance !

— Vous n'avez guère changé à ce sujet, railla Paula, mais le problème n'est pas là. Que compte faire votre père, sachant qu'il se voit déjà siéger sous les ors du Sénat ?

Son mari se laissa tomber lourdement dans un fauteuil.

— Qu'est-ce que j'en sais ! Si c'est vrai, ce n'est pas seulement mon père qui paiera pour ce qu'il a peut-être fait et qu'à mon avis il ne pouvait pas éviter, compte tenu que les Allemands menaçaient de représailles ceux qui n'obéissaient pas.

Il regarda sa femme qui venait de laisser fuser un rire.

— Qu'est-ce qui vous prend ?

— La médiocrité de l'excuse. Pardonnez-moi, docteur Bentz, mais refaire éternellement le coup de « C'est·pas ma faute, je devais obéir aux ordres » a un côté ringard qui n'aurait pas dû vous échapper.

— Pardonnez-moi à votre tour, ma chère, mais je trouve votre attitude pour le moins curieuse ! Je vous apprends les difficultés que pourrait rencontrer mon père, et aussi moi, par la même occasion, parce que vous imaginez bien que même ceux que cette affaire n'a jamais empêché de dormir vont se réveiller pour se refaire une virginité, et tout ce que vous trouvez à dire, c'est que l'excuse est ringarde ! Je n'ignorais pas que votre sens de la famille n'était pas votre vertu principale, mais à ce point, vous me confondez !

— Pardonne-moi encore, mon cher, mais apprendre *ex abrupto* qu'on est la belle-fille d'un salaud a de quoi vous secouer et vous faire réfléchir.

— Sur quoi ?

À cet instant, la sonnerie du téléphone interrompit leur conjugal échange. Paula se leva pour décrocher.

— Oui ?

Elle lança un coup d'œil à son mari.

— Heu... je vous entends mal sur ce poste, puis-je vous rappeler ? À tout de suite. Je vais téléphoner dans l'autre pièce, ce téléphone a l'air défectueux, lui dit-elle.

Bentz eut un geste évasif de la main. Ce que venait de lui apprendre son père l'anéantissait. S'il avait bien compris, le P.-V. de février 1943 de la réunion du conseil portait les signatures de ceux qui avaient condamné à mort les Walter et les Blum et, circonstance aggravante, la spoliation des biens de ces familles par les mêmes. Vingt ans après la fin de la guerre, ce genre de révélation, si elle n'était pas maîtrisée, risquait de faire tomber des têtes dans les paniers de son.

Il regarda sa montre. Merde ! Il avait oublié d'appeler la clinique pour la petite Bidault et son trachome. Il se leva et décrocha le téléphone. Il entendit la voix de sa femme et voulut raccrocher.

— Oh, chérie, je n'ai pas envie que tu sois malade… Je vais t'apporter des médicaments pour te remettre d'aplomb… J'ai pensé à toi toute la journée, et justement je regrettais de ne pas te voir ce soir alors que tu étais libre… oh, en plus j'ai des choses à te raconter… pas très ragoûtantes, c'est le cas de le dire ! J'arrive, chérie, je t'embrasse.

À qui sa femme parlait-elle avec autant de tendresse ? Elle ne l'avait pas habitué à une telle familiarité.

Bentz resta l'écouteur à la main. Paula avait un amant. Le ton et les mots étaient révélateurs.

Il reposa l'écouteur et entendit sa femme monter à l'étage. Il alla se servir un verre d'armagnac qu'il vida d'un trait. Nom de Dieu, un amant ! Mais qu'est-ce qui se passait ce soir ?

Il s'effondra dans un fauteuil. Paula réapparut. Elle regarda son mari d'un air inquiet.

— Qu'avez-vous ? Ne croyez-vous pas que vous prenez cette affaire trop à cœur ? Ça concerne votre cher père, pas vous.

Il se contenta de la fixer.

— Je dois sortir, une amie malade, je ne rentrerai pas tard. Mais ne m'attendez pas.

— Où allez-vous ?

— Mais qu'est-ce qui vous prend, je viens de vous le dire. Une amie qui m'a téléphoné a besoin de moi.

— Je vous en prie, grinça-t-il, je ne voudrais pas vous priver de vos bonnes œuvres.

Ils se défièrent un moment du regard, et elle sortit.

Il attendit d'entendre sa voiture démarrer et se précipita dehors vers la sienne. Il suivit facilement les feux arrières de la MG de sa femme.

La colère et la honte le submergeaient. Paula avait un amant qu'elle allait rejoindre. Depuis combien de temps était-il cocu ? Et qui le savait puisque, selon la tradition, le mari était le dernier prévenu ? Était-ce la façon de Paula de se venger de ses propres incartades ? Bien le genre. Le sexe ne l'avait jamais intéressée, en revanche elle possédait un foutu caractère !

Cette pensée le rasséréna quelque peu, alors que devant filait la MG qui entrait dans la ville et se dirigeait vers l'autre quartier résidentiel. Bien sûr qu'elle le faisait pour se venger, la garce !

Elle tourna dans l'allée des Acacias qu'il connaissait pour y avoir une patiente, et s'arrêta devant un immeuble luxueux. Il la vit descendre et appuyer sur l'interphone. La porte s'ouvrit aussitôt.

Il soupira d'agacement et se prépara à attendre. Il la vit s'arrêter dans le hall et parler à un homme qui s'apprêtait à sortir un container à poubelles. Le gardien. Il se rua vers lui avant qu'il ne rentre.

140

— Monsieur !

L'autre s'arrêta et le regarda arriver.

— Oui ?

Bentz resta coi. L'impulsion l'avait fait se précipiter et à présent, il ne trouvait rien de cohérent à demander.

— Heu... j'ai un ami qui habite là... et ma femme vient d'entrer pour le visiter... parce qu'il est malade, faut vous dire que je suis médecin, mais je ne sais pas son nom.

L'autre pencha la tête. Il portait le genre de béret basque dont les Américains pensaient que tous les Français étaient coiffés.

— Vous savez pas le nom de qui ? De votre femme ? demanda-t-il d'un air méfiant.

— Non, non, de cet ami. Je dois... je dois rejoindre ma femme avec des médicaments et elle est partie sans me dire son nom. C'est davantage un ami à elle, vous comprenez ?

Ça n'a pas l'air, pensa le chirurgien.

— Et qui c'est, votre femme ?

— Mais vous venez juste de lui parler ! Elle est entrée il y a cinq minutes parce qu'elle est partie avant moi ; elle m'avait laissé un message chez nous et je suis seulement arrivé au moment où elle refermait la porte !

— Vous voulez savoir quoi, au juste ?

— Mais chez lequel de nos amis je dois aller la rejoindre.

— Parce que vous en avez plusieurs dans l'immeuble ?

Il faisait bon, et apparemment l'homme n'était pas pressé de se coucher.

— Ce que je voudrais savoir, répondit Bentz d'un ton agacé, c'est où ma femme est montée.

Il sortit de son portefeuille un billet de cent francs qu'il plia en quatre et garda entre ses doigts.

— Ah, votre femme, dit le gardien en louchant sur le billet, la jolie dame brune, eh ben elle est montée chez Mlle Sophie-Anne Doucet...

— Sophie-Anne Doucet ? Une femme ?

— Ben, oui. Sa nièce. Elle vient souvent ici.

— Ah... Sophie-Anne... bien sûr, que je suis bête... la fille de mon frère... ah, donc elle aura pas besoin de moi... merci monsieur, vous êtes sûr ? C'est bien chez cette Sophie-Anne Doucet qu'elle est montée ? Mais attendez... vous me dites qu'elle vient souvent ?

L'homme eut un sourire matois et allongea les doigts vers le billet.

— Oh, excusez-moi, dit Bentz pendant que le billet changeait de main.

— Votre nièce... ah, bon c'est ça... parce que comme votre femme est souvent là à passer l'après-midi, on se disait...

— Quoi ?

— Ah, rien, elle a le sens de la famille, vot' femme, parce que c'est presque tout elle qui l'a meublé, l'appartement. Elles sont toujours à rapporter des choses marrantes, mais vous devez le savoir, monsieur, puisque l'une est vot' femme et l'aut' vot' nièce. Bien le bonsoir, monsieur, et merci.

Bentz mit du temps à rejoindre sa voiture et encore davantage à démarrer. Il ne comprenait rien de rien. Il n'avait pas plus de nièce que de beurre à l'intendance. Et encore moins qui s'appelait

Sophie-Anne Doucet. Il n'avait ni frère, ni sœur, et Paula n'avait de famille que cet abruti d'abbé, et sa mère vivant depuis ses soixante ans dans une maison de retraite, et qu'elle ne voyait qu'une fois par an à Noël. Sa mère ne lui avait jamais fait de cadeau, et sa fille ne l'avait pas oublié. Mais il y avait un problème. Qu'est-ce que Paula fichait avec cette fille et pourquoi lui avait-elle meublé son appartement ? Alors, qui était cette Sophie-Anne ? Il n'en connaissait qu'une...

Une pensée atroce lui vint qu'il chassa vigoureusement. Pas le moment.

Enfin, elle n'avait pas d'amant.

Paula laissa tomber son manteau sur le fauteuil et entra dans la chambre où était couchée Sophie-Anne. Elle se pencha pour l'embrasser.

— Mon pauvre chou, qu'est-ce qui t'arrive ?

— Ne m'embrasse pas, je crois que j'ai chopé la grippe.

— La grippe ? Mais avec ce temps ? Tu as de la fièvre ?

— Pas beaucoup, mais je suis mal fichue. Enfin, j'avais surtout envie de te voir.

— Moi aussi. Ça me rafraîchit. Je te prépare du thé.

— Pourquoi as-tu besoin d'être rafraîchie ? s'enquit son amie en souriant et en lui prenant la main.

Paula la porta à ses lèvres et la caressa du bout des doigts.

— Figure-toi, dit-elle en s'asseyant à côté d'elle, que mon mari est aux quatre cents coups.

— À cause ? Pas de nous, j'espère.

— Penses-tu ! Non, bien plus grave. Son père, ce cher homme que je porte si fort dans mon cœur, eh bien, pendant qu'il faisait office de maire pendant la guerre, avec ses amis Deninger et Saurmann, aurait dénoncé aux Allemands la famille du notaire Walter et celle des Blum.

— Qu'est-ce que tu racontes ? s'exclama Sophie-Anne en se dressant dans son lit.

— Je n'en sais pas plus. Toujours est-il que tu aurais dû voir l'état de Louis quand il m'a expliqué ça.

— Mais pourquoi t'en a-t-il parlé aujourd'hui ?

— Parce qu'il venait d'avoir son père au téléphone et qu'il était tellement bouleversé qu'il n'a pas pu se taire.

— Mais c'est horrible si c'est vrai !

— De toi à moi, ça ne m'étonnerait pas du tout. Ces pauvres gens ont été raflés en une seule nuit. Si personne n'avait prévenu les Fridolins, il y a des chances pour qu'ils soient encore vivants.

— Attends, mais pourquoi auraient-ils fait ça ?

— Je n'en sais rien. Les collaborateurs n'ont pas manqué et c'était toujours pour des raisons d'intérêt.

— Mais les autres habitants ne savaient pas qu'ils étaient juifs ?

— Bien sûr que si, mais personne ne disait rien. Les Walter et les Blum étaient installés là depuis longtemps.

— Et quel aurait été l'intérêt de ton beau-père de les dénoncer ?

— Tu peux lui faire confiance s'il voit le moindre avantage pour se comporter en salopard.

— Tu l'aimes bien, dis donc.

— Je l'adore. J'ai appris à le connaître durant toutes ces années. Sa femme était une malheureuse à ses bottes, il la traitait comme un chien. Comme il traite tout le monde d'ailleurs.

— Et ton mari, qu'est-ce qu'il dit de ça ?

— Lui est très emmerdé. Il craint, je crois, que Me Walter soit revenu pour demander des comptes.

— Il a peur pour son paternel ? Je ne vois pas ce garçon faire du chantage.

— Moi non plus. Mais s'il prouvait que les Bentz et compagnie sont à l'origine de la dénonciation des siens, tu vois le tintouin !

— Ça n'a pas l'air de te déplaire, ma chérie.

— Moi ? Tu sais, ça fait plus de quarante ans que je fréquente ces gens-là. Il n'y a pas un seul d'entre eux à qui je ferai confiance. C'est hypocrite, fripouille et avaricieux. Ça te fout un coup de fusil pour un lopin de terre et ça accuse le voisin d'empoisonner le puits.

— Tu n'en as plus pour longtemps à les supporter, chérie.

— Que Dieu t'entende et avec lui tous les saints du paradis !

Une estrade drapée de bleu, qui supporte une longue table et quelques chaises, surplombe les rangées de spectateurs qui attendent l'arrivée du candidat.

Sur l'estrade sont déjà assis les secrétaires, trésoriers, responsables de communication du parti majoritaire. Pour chauffer ce beau monde, que quelques malabars disséminés autour de la salle surveillent et protègent, on envoie l'orphéon dont les cuivres martiaux sont censés apporter leur caution patriotique.

Les militants croient que ce concert précède l'arrivée du candidat député chargé par la majorité de déloger celui de l'opposition. De fait, l'ancien maire, notable et futur sénateur, Bentz, apparaît sur l'estrade avec son protégé Francis Bonduel.

On se lève, on se congratule, on salue le public qui répond par des applaudissements.

On installe le candidat à la place d'honneur, son mentor Bentz à sa droite. Nul n'ignore que Bonduel est un parachuté, mais il faut coûte que coûte reprendre la région aux radicaux. Cette tache, sur la carte gaullienne de la France, est un non-sens.

Le représentant du parti local prend la parole pour présenter le candidat, vivement acclamé quand il se lève pour s'emparer du micro.

Ce qu'il dit n'a pas la moindre importance, puisque ceux qui sont là sont ses amis. Ils sont venus pour entendre ce qu'ils savent déjà. Bonduel ne les déçoit pas.

Bentz, une fois le discours terminé et après que *La Marseillaise* eut retenti, reprise debout par les spectateurs, les remercie comme on le ferait pour les membres de sa famille venus au mariage de l'un des siens. On s'aime, on se fait confiance et ensemble on vaincra.

Bentz serre des mains, discute avec les édiles qui bientôt seront ses électeurs, promet à l'un ce qu'il vient d'accorder à l'autre. Pousse Bonduel, le caresse à l'encolure, énumère ses vertus.

Puis, entouré de flatteurs, va vers le champagne qui refroidit dans une auberge proche où recommenceront les conciliabules et les professions de foi.

Walter pousse la porte de l'auberge réservée et avance dans la salle. L'œil de Bentz s'allume en l'apercevant.

— Excusez-moi, cher ami, mais ceci est une réunion privée.

Walter sourit et allume tranquillement une cigarette.

— Vous refusez les appuis, mon cher ?

— J'ignorais que vous vous intéressiez à la politique, mais surtout je me suis laissé dire que vous étiez pressenti sur la liste concurrente de la nôtre...

— Pressenti, mais j'ai refusé. Effectivement, ce genre de politique ne m'intéresse pas. Mon père m'a toujours conseillé de ne promettre que ce que je pouvais donner. Voyez, c'est très loin de la politique.

Autour des deux hommes, une zone de silence s'est établie, comme au sein d'une meute quand deux dominants se font face.

— Vous êtes cynique, mais je le savais déjà. Puisque vous êtes là, acceptez une coupe de champagne qui ne vous obligera pas à boire à notre victoire, grince Bentz qui s'est repris.

La présence du notaire le prend au dépourvu. Il n'est pas là pour rien.

Walter accepte la coupe qu'on lui propose. Il toise Bentz.

— Votre protégé sait-il les risques qu'il court en acceptant votre soutien ?

Bentz serre les poings. Walter est venu pour le descendre. Il doit le faire taire.

— Des risques... je... commence-t-il.

— Par exemple, sait-il que vous faisiez office de maire en février 1943 et que c'est vous qui avez dénoncé ma famille et les Blum aux occupants ?

— Vous perdez la tête ! crie Bentz, alors que ses partisans se regroupent.

— Qui êtes-vous, monsieur ? intervient Bonduel en s'avançant comme pour protéger Bentz. De quel droit venez-vous ici accuser M. Bentz, qui est l'honneur de notre région ? Je vous somme de partir !

— Vous ne voulez pas entendre ce que j'ai à dire ? demande Walter sans élever la voix.

— Vos accusations mensongères n'intéressent personne ! tonne Bonduel, qui voit en filigrane sa future députation mise à mal.

— Pourquoi et comment décidez-vous qu'elles sont mensongères ? reprend Walter, tandis que les autres invités grondent de désapprobation. Vous arrivez juste chez nous, croyez-vous connaître les cadavres qui se cachent dans les placards de chacun ?

— J'en sais assez sur M. Bentz pour savoir que ce genre de cadavre n'occupe pas les siens, réplique vivement Bonduel. Mais je comprends qu'étant de l'autre bord, et suivant leurs bonnes habitudes, vous pensez que ce genre de calomnie nous desservira. Hélas, monsieur, nous appartenons à ces Français qui ont sauvé l'honneur de la France quand les vôtres la vendaient à Moscou !

— Vous vous trompez, monsieur. Quand les « vôtres », pour reprendre votre expression, s'employaient à se bien placer pour l'après-guerre, les miens partaient en fumée dans les camps de la mort allemands, où les avait envoyés celui que vous qualifiez d'honorable, et pour qui les mots patrie et honneur changent suivant les vainqueurs.

Soudain Bentz se jette sur Walter qui, surpris, valdingue contre une table qui s'écroule avec fracas. Déchaîné, le robuste vieux tente de frapper Walter empêtré, pendant que les autres s'emploient à les séparer. Enfin, le notaire se relève, époussette les morceaux de verre cassés, tandis que Bentz est entraîné et calmé par ses amis.

— Fichez le camp ! grogne un ferblantier à qui Bentz a promis une subvention, barrez-vous, des gens comme vous on en a toujours trop ! Si vos parents sont partis en fumée, y a de quoi regretter qu'ils n'aient pas grillé la portée en entier. Salopard !

Il veut à son tour frapper Walter qui cette fois a vu venir le coup, pare, et cogne le gros homme qui titube contre les autres. De loin, Bentz vocifère :

— Je vais vous foutre un procès en diffamation aux fesses, espèce de salaud, menteur ! J'ai tous les témoins qu'il faut ! Vous allez pisser le sang, moi je vous le dis !

Walter est entraîné sans ménagement à l'extérieur et bousculé jusqu'à sa voiture.

— Allez, tirez-vous, espèce de malade !

— La vérité vous fait peur ? hurle Walter.

— Ferme-la, connard !

La rage au cœur, il est obligé de s'éloigner quand les coups de pied commencent à pleuvoir sur la carrosserie.

Il prend la route qui mène chez lui, s'égare, repart. Ses mains tremblent au point qu'il a du mal à allumer sa cigarette. Il a vu la haine de près ce soir, et cette vision a confirmé son impuissance.

Aucun de ceux qui étaient présents, pourtant en charge pour la plupart de responsabilités et en âge de savoir, n'a voulu entendre la vérité. Aucun n'est prêt à remettre en cause sa tranquillité pour que passe la justice.

Il arrive chez lui dans un état proche de l'épuisement complet. Quand une colère n'est pas vidée, c'est comme un acide qui ronge.

Il sait qu'il a brûlé ses vaisseaux, mais ne le regrette pas. De toute façon, il ne peut rien faire de plus, et si Bentz veut le procès, il ne demande que ça : avoir une tribune où s'expliquer. Il a toutes les preuves. Il faudra le bâillonner pour le faire taire.

Il entre et monte l'escalier. Au moment de pousser la porte de sa chambre, il hésite et va vers celle de Damien.

Le jeune homme dort paisiblement. Le clair de lune qui perce les vitres l'éclaire de trois quarts, laissant une part du visage dans l'ombre.

Walter tire une chaise et s'installe près de lui. Il n'en a plus peur, au contraire, il s'est attaché au fou. D'ailleurs l'est-il vraiment ? Rien sur ce visage serein n'indique un quelconque dérèglement, contrairement à la haine qui a déformé ce soir ceux des gens dits normaux. Des gens prêts à tuer encore une fois.

Mais Damien doit partir.

Demain, toute la ville apprendra l'altercation. Il y aura les pour et les contre. Comme pendant la guerre, quand un vieillard sénile et méchant était un traître pour les uns et un héros pour les autres.

Mais lui n'aura pas besoin de ses dix doigts pour compter ses amis. Il a eu tort. Tort pour Damien.

Il pose la main sur son épaule et le réveille. Aussitôt le jeune homme ouvre les yeux et la vacuité de son regard secoue Walter, comme à chaque fois.

Il tourne la tête d'une manière mécanique, le reconnaît et sourit.

— Bonjour.

— Bonjour, Damien. Je viens de rentrer, je me demandais si tu avais faim.

Walter est parti tôt et n'est pas revenu de la journée. La femme de ménage était là et Damien n'a pas pu sortir de sa chambre.

— Un peu.

— Je vais te chercher un plateau.

— Je descends avec vous ! s'exclame Damien en se levant vivement.

— D'accord, viens.

Ils descendent à la cuisine où Walter leur prépare des sandwichs, et sert du lait dont Damien raffole. Lui n'a pas faim, mais il sait que Damien adore quand ils mangent ensemble.

Il lui a appris à se servir de couverts dont le jeune homme avait été privé à l'asile, et à ne pas cracher ce qu'il n'aime pas.

L'en-cas fini, Walter débarrasse et s'adosse à la cuisinière en allumant une cigarette.

— Ce soir, j'ai fait une bêtise, commence-t-il. Pas pour moi, mais pour toi.

Damien l'écoute avec un demi-sourire confiant. Rien de ce que peut faire Walter ne l'inquiète. Walter ne lui fait que du bien.

Un jour il lui a apporté des gouaches et des feuilles de dessin et Damien a commencé de peindre ce qu'il avait dans la tête. Quand Walter est rentré le soir, il a longuement regardé son travail et le jeune homme a eu l'impression qu'il allait pleurer. Il l'a pris par la nuque et a approché son front du sien.

« Tu sais, on est presque pareils, toi et moi. Les autres nous ont fait du mal et on ne peut pas leur pardonner. Tu sais pourquoi ? Parce qu'ils n'ont pas demandé pardon. »

— J'ai fait une erreur car je n'ai pensé qu'à moi. Je ne vais pas pouvoir te ramener à la police parce que je vais déjà avoir de gros ennuis.

Damien, quand il veut, comprend vite.

— Ça veut dire que je reste avec vous ? demande-t-il joyeusement en battant des mains.

— Pour l'instant. Si... si je te demande d'aller trouver la police, il faudra que tu y ailles sans jamais leur dire que je t'ai caché chez moi.

— Pourquoi j'irais à la police ? demande Damien d'un ton méfiant.

— Parce qu'on l'a décidé ensemble, souviens-toi. Je t'ai dit que je te trouverai un hôpital où tu seras à l'abri. Mais à présent, je risque très gros si j'avoue que je t'ai soustrait aux recherches, parce que je me suis fait ce soir un très dangereux ennemi. Est-ce que tu comprends ?

Damien a pris un air buté que Walter maintenant connaît bien. C'est comme s'il tirait un rideau de fer. Plus rien ne passe.

— Damien, tu ne veux pas que je sois puni à cause de toi, n'est-ce pas ?

Damien ne bronche pas. Exaspéré, Walter va vers la fenêtre ouverte sur la nuit que traverse à cet instant un éclair blanc. Une chouette qui chasse. Il se retourne vers le jeune homme qui n'a pas bougé de sa chaise.

— Tu sais parfaitement que tu ne peux pas rester seul et sans surveillance après ce que tu as fait, déclare-t-il d'un ton glacial. Je te l'ai dit, je ne peux être complice d'un assassin en fuite. Tu dois me promettre que tu m'obéiras et que tu te laisseras prendre quand je te l'ordonnerai. Quand on ne pourra plus faire autrement.

— Je ne retournerai pas à l'asile, laisse tomber Damien d'une voix étonnamment calme et normale. Jamais.

Les deux hommes se défient du regard. Celui de Damien est différent de celui de Walter, en cela qu'il est déterminé et sans colère.

— Nom de Dieu ! Tu sais que tu me condamnes à la prison ? Tu sais ce que ça coûte de cacher un type comme toi ?

— Tu ne seras pas puni à cause de moi, Walter, je t'aime.

Walter soupire. Il s'est mis dans de sales draps en recueillant Damien. Mais le moyen de faire autrement ?

André Dufour, que l'on appelait P'tit Louis sans que personne ne sache pourquoi, reposa l'écouteur et ralluma sa maïs. Le gros venait d'appeler.

Il passa dans la salle du bistrot et alla droit au juke-box qui, sous l'incitation d'une pièce, déclencha *Rock around the Clock*.

— Tu me tires une mousse, Bibi ? réclama-t-il au bistrotier. T'as pas vu Jojo ?

— Pas encore passé, répondit l'autre en lui claquant un demi sur le comptoir.

Dufour se faisait une moustache au moment où Jojo poussait la porte du bistrot.

Jojo était le meilleur souffre-douleur de P'tit Louis. Ancien des Bat' d'Af', il avait le cerveau bouffé à l'anisette, et le reste à l'amibiase. Dufour avait été son « juteux » et Jojo était resté depuis au garde-à-vous.

— B'jour P'tit Louis, dit-il avec un sourire aussi large que le battoir qu'il lui tendait.

— Salut, répondit Dufour en éructant le houblon fermenté. Tu bois quoi ?

— Comme toi, répondit Jojo, reluquant le demi de bière ambrée.

156

— J'ai des nouvelles du gros, lui glissa Dufour en confidence.

— Ah bon ? répondit Jojo en s'emparant de son verre qu'il éclusa en une fois.

La bière n'était pour lui qu'une mise en bouche.

— Va falloir y aller. Tu t'sens d'attaque ?

— Qu'est-ce t'en penses ? renvoya Jojo, qui détestait décider.

— Moi, je crois que pour c'qui donne, c'est bonnard.

Jojo pouffa dans son verre.

— Je veux, mon neveu !

Ils rirent et Dufour remit la tournée. Jojo, cette fois, commanda un Anis Gras.

Cependant, depuis le coup de sonnette de Saurmann, Dufour réfléchissait. S'il avait accepté le boulot sans demander beaucoup de détails, c'était parce que ça lui semblait irréaliste et lointain, et qu'il était certain que l'industriel changerait d'avis au dernier moment et leur demanderait juste de foutre la trouille au type. Mais le gros voulait plus.

« Vous lui mettez la tête au carré, très au carré », avait-il insisté à son dernier coup de fil.

Et il avait raccroché avant que Dufour puisse répliquer.

Dufour aimait bien cogner s'il était couvert. Dans le cas contraire, les emmerdes risquaient d'être pour lui. OK, mais deux patates ça se laisse pas passer par les temps qui courent. Jojo palperait sept cents sacs et lui le reste. Jojo était toujours content du moment que P'tit Louis l'était. En plus, c'était sézigue qu'avait ramené l'affaire.

Quand l'ancien adjudant d'Indochine rendait des services rémunérés, il cognait au prorata du pognon. Cette fois, c'était différent. Ils allaient pas l'voler, leur pèze.

— C'est qui ? demanda Jojo qui, d'un geste du pouce, indiqua au loufiat de remettre ça.

— Un cave. Y gîte dans l'coin. À mon avis une promenade, mentit son pote.

Jojo se rapprocha en confidence et glissa dans le tuyau de l'oreille de Dufour :

— On va vraiment… ?

P'tit Louis secoua la tête en grimaçant.

— J'suis pas chaud.

Il regarda autour de lui.

— J'suis pas chaud, et toi ?

— Moi non plus j'suis pas chaud !

— J'crois qu'on va juste bien le secouer, murmura l'ancien adjudant, en tordant sa bouche pour qu'on ne l'entende pas.

— Et ton client ?

— On dira qu'il y a eu un pépin et qu'on n'a pas pu le finir. On aura toujours une brique et demie.

— Ouais… j'crois qu'y vaudrait mieux…

Jojo, comme P'tit Louis, regrettait de s'être laissé embringuer dans cette histoire. Casser la gueule, c'est une chose, dégommer en est une autre. Pour peu que le type soit une huile, les flics lâcheraient pas. Évidemment, avec l'autre taré toujours en cavale, on pouvait faire croire que c'était lui.

— Alors, t'es d'accord pour jouer le coup comme ça ?

— Ouais, j'suis d'accord ! dit Jojo, soulagé.

Les coups étaient toujours bons avec P'tit Louis. On savatait et l'oseille tombait.

— Entrez, je vous en prie, invita Me Walter, qui s'était étonné du rendez-vous pris la veille par Paula Bentz.

— Vous n'avez rien changé, constata la femme du chirurgien en prenant place dans le Voltaire.

— Le changement inquiète le chaland, sourit Walter. Et puis Me Noiret avait de beaux meubles, vous ne trouvez pas ?

— Poussiéreux, non ?

— Vous aimez le moderne ?

Elle le fixa un instant.

— C'est vrai que la tradition me pèse... mais je ne suis pas venue pour vous parler décoration.

— C'est un plaisir de vous rencontrer, chère madame. Je suis à votre disposition.

— Je voudrais vendre ma maison, attaqua-t-elle.

Walter leva un sourcil surpris.

— La... celle où vous vivez avec le docteur Bentz ?

— Je n'en ai pas d'autre.

— Bien, bien... votre époux, j'imagine, est d'accord ?

— Pas encore.

— Ah ? Je ne me souviens pas de votre régime matrimonial, mais vous savez sans doute que pour que vous puissiez vendre, il faut l'autorisation de votre époux.

— La maison n'est pas dans le contrat de mariage. Elle est entièrement à moi.

— Ah ?

Walter pinça les lèvres en réfléchissant. Ça semblait aller encore plus mal entre les époux qu'il ne le supposait.

— Vous en rachèteriez une autre, peut-être…

— Non, je quitte la région. Je voudrais que d'ores et déjà vous prépariez les papiers nécessaires à la vente.

Walter sortit son paquet de cigarettes et en offrit une à Paula Bentz, qui refusa.

— Merci, j'ai les miennes, dit-elle en prenant dans son sac un porte-cigarettes en corail.

Il alluma les cigarettes.

— Vous avez une idée de sa valeur ?

— À peu près, répondit Paula Bentz. J'en veux trois cent mille francs.

Walter hocha la tête. La maison à son avis valait plus, et la femme du chirurgien devait le savoir.

— Et à qui confierez-vous la vente ?

— J'ai déjà le client. Nous avons signé une promesse de vente que je vous demanderai de faire enregistrer, dit-elle en sortant de son sac une feuille de papier.

Walter prit le papier pour le lire. Paula avait signé avec un certain Kessler la vente des « Champs » pour trois cent mille francs, payables comptant. L'acheteur n'avait pas besoin de crédit.

— Bien, bien... il faut tout de même un certain temps pour l'obtention des papiers, précisa-t-il en posant la promesse sur la table.

— Combien de temps ?

— Vous êtes si pressée ? tenta-t-il dans un sourire.

— Je pars bientôt.

— Et... le docteur ?

— Je divorce du docteur.

Walter fit la moue. Paula le regarda en souriant.

— Ça vous fait plaisir ?

— Ça devrait ?

— J'avais l'impression que les problèmes qui affectaient les Bentz vous satisfaisaient.

— Je n'ai rien contre votre mari.

— Non, mais quand son père apprendra que son fils se retrouve minoritaire dans sa clinique, et sans domicile, il sera sans nul doute très affecté, dit-elle en se levant.

Walter leva un sourcil amusé. Le pauvre toubib allait se retrouver en caleçon.

— Vous avez probablement de bonnes raisons d'agir de cette façon... commença-t-il sans pouvoir retenir un sourire.

Il se leva à son tour et fit le tour du bureau.

— Pas aussi bonnes que les vôtres, mais suffisantes en ce qui me concerne, répliqua Mme Bentz, répondant à son sourire.

Walter se mordit les lèvres et examina le tapis.

— Vous partez loin ? demanda-t-il en relevant la tête.

— Le plus loin possible de ce tombeau. Walter, vous êtes-vous rendu compte que cette ville sent la mort ?

Il ne répondit pas. Elle était presque aussi grande que lui et elle lui parut très décidée. Avec qui partait-elle ? Car elle ne partait pas seule, c'était certain. Ou alors, lassée des infidélités de son époux, peut-être prenait-elle les devants ?

Elle lui tendit la main.

— Je vous souhaite de réussir dans vos projets, mon cher Walter.

— Je… je vous souhaite d'être… heureuse et de ne pas… regretter votre décision, répondit-il en lui retenant la main.

— Qui vivra verra. Mais je ne crois pas.

— Tant mieux. Cette histoire va faire du bruit, dit-il encore.

— Avez-vous remarqué ce qui se passe dans cette ville depuis quelque temps ? Le pauvre Lionel Deninger tué par un dément en fuite, la vente du Magasin National, Saurmann giflé en pleine rue, mon beau-père agressé dans une de ses réunions électorales… C'est simple, depuis votre retour nous vivons dans l'œil d'un cyclone.

— Vous m'attribuez beaucoup de mérite…

— De rancune, mais je vous comprends. Je serais pareille.

— Pire, d'après ce que je peux en juger. Vous ne partez pas avant la signature ? s'inquiéta-t-il.

— Nous partons en fin de mois, mais je vous enverrai mon adresse et nous reviendrons pour la signature de l'acte.

— Nous ?

— Je pars avec une amie. Mais vous la connaissez, elle se nomme Sophie-Anne et dirige une maison accueillante, où mon mari et quelques autres avaient leurs habitudes. Elle m'a parlé de vous.

Walter plissa les paupières.

— Je ne comprends pas...

— Ça ne me surprend pas. Les hommes manquent souvent d'imagination, mon cher. Ceci dit sans vouloir vous vexer.

Il eut du mal à se reprendre.

— Vous avouerez, chère madame, qu'il faut effectivement beaucoup d'imagination pour penser qu'une femme de votre classe s'enticherait d'une...

— Ancienne pute ? Et pourquoi pas ? Au siècle dernier, certains de leurs clients les épousaient. Je vous choque, mon cher Walter ? La ville en parlera pendant des années. Vous imaginez la tête du futur sénateur ? J'en ris d'avance, pas vous ?

Si, il riait. Il fut même pris d'un fou rire si homérique que les larmes lui coulèrent pendant qu'il se tordait, et que Paula Bentz le regardait, éberluée, se méprenant sur ce rire, le croyant moqueur alors qu'il n'était que l'expression de sa douleur.

Elle ouvrit elle-même la porte et se retourna au moment de sortir.

Le notaire, penché sur le dossier du fauteuil Voltaire, continuait de rire, et elle n'était pas sûre que des sanglots ne se mêlaient pas à son rire.

Elle haussa les épaules et referma violemment la porte.

— Comment ça s'est passé ? demanda Sophie-Anne en rejoignant Paula au salon de thé où elles avaient coutume de se rencontrer, en dehors de la ville.

— Comme je m'y attendais. Il a paru d'abord surpris, je dirai même stupéfait, puis il s'est mis à rire comme un dément.

— Se moquait-il ?

— Je ne sais pas, je ne crois pas. À mon avis, il devait s'imaginer la tête de Louis découvrant sa double infortune.

— Il va enregistrer la promesse ?

— Oui. Je lui ai dit que nous reviendrions pour la signature. C'est à ce moment-là qu'il m'a dit : « J'ai de la peine à croire qu'une femme de votre classe s'enticherait d'une... » Il s'est arrêté, et j'ai continué : « ancienne pute ? » Excuse-moi, ma chérie, mais ce sont en général leurs termes. Je lui ai fait remarquer qu'au siècle dernier, il était fréquent que les clients fortunés épousent leur amie.

— Et qu'a-t-il répondu ?

— Rien. Il a dû penser que je disais vrai. Il a dû penser aussi au scandale. C'est peut-être ça qui l'amusait. Enfin, qu'importe. J'ai reçu ce matin l'engagement de location de la villa de Cap-d'Antibes avec les photos. Nous y serons comme des reines. J'enverrai peut-être quelques clichés à Louis quand nous serons sur la plage.

Elles éclatèrent de rire et Sophie-Anne prit furtivement la main de son amie.

— J'y croirai vraiment quand nous y serons, murmura-t-elle.

— Mais c'est comme si nous y étions !

L'inspecteur principal Dumoutiers et son adjoint Sirène arrivèrent le lundi matin par le train de 11 heures. Ils se rendirent directement au siège de la gendarmerie où ils furent fraîchement reçus.

— Capitaine Nicoud, dit le gendarme en leur tendant une main sèche et ferme.

— Principal Dumoutiers, et Sirène, mon adjoint, marmonna le flic en la lui serrant mollement.

— Paris nous pense incapables de reprendre l'évadé ? attaqua Nicoud en leur désignant deux sièges.

Nicoud et la gendarmerie ne faisaient qu'un. De l'avis de certains, Nicoud avait dû naître habillé en gendarme.

— C'est pas ça, nia Dumoutiers avec un sourire hypocrite, mais vous savez comment *ils* sont…

— En tout cas, tout le département est bouclé, dit Nicoud avec un mouvement de son menton carré. Une belette n'en sortirait pas.

— Alors, où il est ? demanda Dumoutiers en allumant une gauloise.

Nicoud toussa.

— Excusez-moi, je ne supporte pas le tabac.

— Ah ? feignit de s'étonner Dumoutiers en tirant de plus belle sur sa cigarette.

— Nous ignorons pour l'instant où il est ! répondit Nicoud en se levant brusquement pour ouvrir la fenêtre. Caché, sans doute. Il ressortira.

Dumoutiers en convint de la tête. À ses côtés, l'adjoint Sirène, qui ressemblait à un instituteur, l'accompagna de la sienne.

Avec un soupir las, Dumoutiers souleva sa carcasse enveloppée et se planta devant une carte d'état-major de la région.

— Où on est ? demanda-t-il.

Nicoud revint de la fenêtre de son pas raide et planta son index sur un point.

— Ici.

— Ici ? *Good*. Et où vos pécores ont-ils leur ferme ?

— Quels pécores ? hoqueta Nicoud.

— Ceux qui lui ont donné à manger une omelette.

— Ici, répondit le gendarme, un poil plus raide encore.

— *Good*.

Dumoutiers écarta deux doigts pour estimer la distance entre le patelin et la ferme.

— Ça fait quoi… trois, quatre kilomètres ?

— Une dizaine, contra Nicoud.

— Une dizaine… et entre cette ferme et ici, il y a du monde ?

— Vous n'êtes pas dans le désert, inspecteur, bien sûr qu'il y a du monde…

— Et personne l'a vu ?

— On le saurait.

— Bon... vous avez bien sûr interrogé les gens qui se trouvent dans ce coin ?

— Évidemment.

— Bon. Fait procéder à des battues et établi des barrages sur les routes ?

Nicoud ne répondit pas et Dumoutiers se tourna vers lui. Les yeux très ronds et très noirs du capitaine ressemblaient à l'orifice du canon du .38 Manurhin qui se balançait sur sa hanche.

— Évidemment, compléta lui-même Dumoutiers. Bon... c'est lui ? demanda-t-il encore en désignant la photocopie du portrait de Damien affichée sur le mur.

— Affirmatif.

— Et il y en a partout ?

Nicoud, encore une fois, resta muet. Sirène, moins trempé que son chef, frémit dans ses souliers à clous. Il n'aurait pas été étonné que le gendarme dégaine et les abatte tous les deux sur place. Quand il s'y mettait, son chef pouvait être l'empereur des cons.

— Il y en a partout... compléta Dumoutiers. *Good*. Ben, va falloir se remuer, capitaine, dit-il en souriant au gendarme figé. Vous imaginez pas ce que cette histoire agace, à la P.J. On le voit partout, votre Damien. Nice, Besançon, Paris, bien sûr. Ah, y coûte du pognon aux contribuables, le lascar ! Quand on pense que si on lui avait coupé le cou, y aurait un dentiste de plus chez vous...

— Et deux infirmiers, compléta Sirène.

— Et deux infirmiers, approuva Dumoutiers. Et si ça se trouve, on va retrouver d'autres cadavres... croyez pas, capitaine ?

— C'est possible, convint le gendarme, qui visualisa celui de Dumoutiers.

— Bon, reprit le flic. Je vous cache pas que je serai mieux chez moi qu'ici, et que j'aimerais bien que tout ça se termine vite. Alors, je vais d'abord vous demander un petit bureau pour mon adjoint et moi, ensuite, le dossier complet de l'affaire.

— La police et la gendarmerie travailleront de concert, je suppose ? reprit Nicoud, avec une sécheresse de ton à craqueler la langue.

— *Of course*, capitaine ! Nous sommes venus vous apporter le concours de la Tour Pointue, c'est tout. J'ai une commission rogatoire de l'Intérieur qui m'autorise à prendre la direction des opérations, et vous, en tant que policiers dépendants de l'armée, apporterez votre puissance de feu. *All right* ?

Nicoud humecta sa gorge d'un restant de salive.

— Ça fait un mois qu'on court après cet homme, inspecteur, vous pensez y arriver en combien de temps, d'après vous ?

— À le poisser ? J'sais pas. On va offrir une prime, ça va titiller les bonnes volontés. Alors, on s'y met, capitaine ?

Walter rencontra Sophie-Anne à la préfecture, au service des passeports.

— Bonjour.

— Oh, bonjour, dit-elle après une hésitation.

— Vous vous souvenez de moi ?

— Si ça ne vous ennuie pas.

— Comment ça ?

— Nos… invités préfèrent généralement que nous ne soyons pas physionomistes, quand nous les rencontrons en dehors de chez nous.

— Moi ça ne me gêne pas. Vous demandez un passeport ?

— Comme vous pouvez constater.

Il la regarda. C'était la seconde fois qu'il la voyait en plein jour, mais c'était la première d'aussi près. Ce qui était extraordinaire, pensa-t-il, c'est que personne n'aurait pu se douter de son métier.

Les filles de plaisir qu'il avait fréquentées, aussi jolies soient-elles, avaient dans le regard une tristesse, un dégoût qui les marquaient plus sûrement que si elles avaient porté un uniforme. Pas elle.

— Qu'est-ce qui se passe ?

— Pardon ?

— Vous me regardez d'une drôle de façon, ironisa-t-elle.

— Ah ? Excusez-moi... je... Puis-je vous offrir un verre ?

Elle le fixa à son tour, semblant le jauger. Ce qu'elle faisait, d'ailleurs. Elle se mordit les lèvres.

— Je suis pressée.

— Je sais, vous quittez la région. Mais peut-être pourrait-on se dire au revoir...

Elle n'hésita qu'un instant.

— D'accord.

Walter la conduisit dans un bar qu'il connaissait près du théâtre, et qui se donnait des airs de bar américain. À cette heure, il était vide, à part deux clients assis au bar, style représentants de commerce.

Ils s'installèrent sur des banquettes capitonnées en peluche rouge, sous l'affiche d'une cocotte du siècle dernier. Des photos d'acteurs américains ornaient les murs sombres, éclairés par des appliques en fer forgé.

Le patron, qui se donnait des airs d'affranchi, vint prendre la commande.

— Scotch pour moi, dit Walter, et vous ?

— Aussi.

Elle se tourna vers lui.

— Vous n'êtes pas revenu, vous n'avez pas été satisfait ?

Le patron apporta les verres. Walter but avant de répondre.

— Vous savez pourquoi.

— Pas vraiment.

— Je croyais avoir été clair. C'est vous qui me plaisiez, lâcha-t-il en la regardant.

— Je l'avais été aussi.

Il soupira.

— Ceci explique cela. Voyez-vous… je suis un solitaire, un cynique… un désabusé. Un pauvre type, quoi. Le genre infirme du sentiment. Méfiant en plus.

— Vous ne vous faites pas de cadeau, dit-elle en buvant à son tour. J'ai une amie, Paula, qui a de vous une autre opinion.

— C'est-à-dire ?

— Elle pense que vous vous êtes recroquevillé au fond d'un trou d'où vous ne voulez pas sortir, mais que vous rêvez de vous retrouver à l'air libre.

— C'est peut-être vrai. Vous croyez au coup de foudre ?

Elle eut un rire fuselé qui le fit frissonner.

— J'en ai entendu parler.

— Je peux vous dire que ça existe.

Il posa sa main sur la sienne.

— Je suis tombé amoureux de vous le soir où je vous ai rencontrée.

Elle retira sa main.

— En d'autres temps, ça aurait peut-être été possible, murmura-t-elle. Il y a des siècles, quand j'étais jeune.

— Parce que vous ne l'êtes plus ? lança-t-il en souriant.

— Pas plus que vous. Nous sommes deux anciens, et c'est pour ça que je vous plais.

— Je ne comprends pas.

— Mais si, vous comprenez. Vous comme moi faisons partie de ces gens qui, en une seule vie, en vivent plusieurs... pas vraiment drôles. Des vies et des amours qui s'accumulent et vous laissent un goût amer au fond de la gorge. Alors un jour, on se dit que ça ne vaut pas le coup de courir après un mirage, et on devient désabusé, cynique, méfiant... c'est ce qui nous est arrivé. Et puis j'ai rencontré quelque chose qui ressemble au bonheur, et je me suis dit que j'allais essayer une dernière fois. Voyez, c'est très simple. Ça vous arrivera peut-être un jour.

— Si nous nous étions connus avant, m'auriez-vous aimé ?

— Je vous ai répondu.

— Ce qui est curieux dans ma vie, dit Walter, c'est que j'arrive toujours trop tard.

— Non, pour chacun d'entre nous il est toujours plus tard qu'on ne le pense. C'est pour ça que cette fois, je saute dans le train avant qu'il ne quitte la gare.

Ils se regardèrent, et Walter ressentit une bouffée de désir si violente qu'il ferma les yeux.

— Restez avec moi, murmura-t-il, personne ne vous rendra plus heureuse.

— Mais personne ne peut vous rendre heureux, et le bonheur doit se partager pour exister.

— Pour vous, j'aurais renoncé à mes projets. Vous me croyez ?

— Paula m'a raconté votre histoire, elle a eu une curieuse expression pour vous qualifier. Elle a dit que vous étiez en apnée. Ne m'en veuillez pas de ne pas vouloir vivre en compagnie d'un fantôme, je vis déjà avec les miens.

172

Il la regardait comme quelqu'un que l'on sait ne plus jamais revoir, et dont on veut se gaver des détails qui vous aideront à vous en souvenir. Ce grain de beauté au-dessus de la lèvre, cette légère cicatrice dans l'arcade sourcilière, le tic qui tire une joue.

— Je vous souhaite d'être heureuse, dit-il en se levant. Vous avez raison, il est beaucoup trop tard pour moi. Cependant, sachez que vous serez un des deux ou trois souvenirs heureux de ma vie. Merci pour ça.

Il lui prit la main et la baisa sans la quitter des yeux.

— Bonne chance, Walter.

— Elle n'a rien à voir là-dedans.

Il sortit après avoir laissé en passant un billet sur le comptoir.

Walter redescendit le plateau du dîner de Damien. Le jeune homme, anormalement fatigué, s'était immédiatement endormi après son repas.

Il s'installa dans le salon, face à la fenêtre ouverte. L'odeur un peu rance des fleurs lui arrivait par bouffées sans qu'il en prît conscience.

Il flottait dans un nadir qui le dérobait à une réalité insupportable. Il souffrait du départ de Sophie-Anne comme d'une rupture douloureuse.

Il avait parlé à Damien de la jeune femme et le dément l'avait écouté avec gravité, sans que Walter sache s'il comprenait, jusqu'au moment où le jeune homme avait posé la main sur sa poitrine et déclaré :

— Moi, je ne te quitterai jamais.

Walter se rend compte que la souffrance d'amour est plus douloureuse que celle de la haine, en cela qu'elle dessèche au lieu de nourrir.

Il se leva pour se servir un whisky et prendre un cigare, qu'il se força à allumer selon les règles. Un bruit venu de la cuisine l'alerta. Un bruit ténu qui ne se répéta pas. Il avala une grande gorgée d'alcool et pensa que ce soir, il allait se saouler.

Il entendit un second bruit plus fort, un raclement sur le sol, et il sut que la porte de la cuisine qui donnait sur l'arrière du jardin venait d'être ouverte.

Il regarda vers l'antichambre, plongée dans l'ombre comme le reste de la maison. Son cœur battit plus fort et ses mains s'humectèrent de sueur. Quelqu'un était entré. Quelqu'un qui se cachait.

La porte du salon s'ouvrit et deux hommes cagoulés apparurent sur le seuil.

— Qu'est-ce que vous faites là ? demanda Walter, d'une voix qu'il espéra ferme.

Qui étaient ces hommes ? Des cambrioleurs ? Peu probable. Les cambrioleurs n'entrent pas dans une maison où brûle une lumière.

L'un des deux avait armé son poing droit d'un coup-de-poing américain. L'autre tenait un gourdin.

— Je vous ai demandé ce que vous faisiez là.

— Ferme-la ! gronda celui au gourdin en avançant dans la pièce.

Walter recula jusqu'à la cheminée et se saisit d'un pique-feu qu'il pointa devant lui.

— Si vous voulez de l'argent, je peux vous en donner. Inutile de me faire du mal.

Celui au poing américain se tourna vers l'autre comme pour attendre sa décision.

— On n'est pas contre, répondit l'homme au gourdin, on cognera moins fort.

— Qui vous paye ? demanda Walter en s'adossant au mur.

Il savait n'avoir aucune chance contre ces brutes, mais l'instinct de conservation était le plus fort. Il pensa que c'était Bentz qui les envoyait pour se venger de son humiliation de l'autre soir.

— Je ne sais pas combien vous touchez pour ce boulot, mais je vous donne le double si vous partez.

Celui au gourdin hocha la tête.

— C'est bien aimable, dit-il en ricanant, mais on a été payé et on doit faire notre travail.

— Le double, si vous partez, répéta Walter.

— T'as combien ici ?

— Cinq mille francs. Qui vous paye ?

— Où y sont, ces cinq mille balles ?

Walter hésita. Il était sûr que même avec l'argent en poche, ces deux salopards lui flanqueraient une dérouillée.

— Je vous les donne une fois que vous aurez quitté la maison. Je ferme les portes, et je vous passe l'argent par la fenêtre.

— Y va nous rouler, P'tit Louis, glapit l'autre.

— Ta gueule, espèce de con ! T'as entendu, mon pote a pas confiance.

— Moi non plus, répliqua Walter, et ce fut comme s'il les déclenchait.

Ils attaquèrent soudain.

Rapides, violents, méthodiques, des pros qui savent éviter les coups qu'essaye de leur porter Walter qu'ils acculent. Celui au gourdin le frappe sur les bras, les jambes, tandis que l'autre lui martèle les côtes, le dos, avec des « han » de sportif. Ils le font tomber, le rouent de coups en évitant la tête qu'instinctivement Walter protège.

Ils s'arrêtent, essoufflés, au bout d'un moment et contemplent le corps inanimé. L'agression a été presque silencieuse. Une chaise seulement est tombée, qu'ils redressent.

— Tu crois que c'est bon ? demande Jojo, à bout de souffle, qui caresse pensivement son poing américain.

— Oui, je crois, répond Dufour qui pousse du pied Walter.

Celui-ci a sombré dans une demi-inconscience, où la douleur lui arrive par vagues.

Il a si mal qu'il ne peut même pas crier.

— On cherche les cinq mille balles ?

— J'sais pas, c'était pt-êt' du flan.

À ce moment, ils entendent du bruit à l'étage et Dufour fait signe de se taire. Ça bouge là-haut, des pas grincent sur le plancher.

— Merde, grogne Dufour, on s'arrache !

Ils cavalent dans le couloir, ouvrent la porte de la cuisine à la volée et foncent dans la nuit.

Damien arrive quand Walter est en train de vomir et tente de se relever. Il se précipite, veut l'aider à s'asseoir.

— Non, gémit Walter, ne me touche pas, ne me touche pas !

Il a l'impression d'avoir été écorché ; chaque contraction musculaire lui arrache des cris.

Damien, affolé, pleure et tourne autour de Walter, ne sachant comment le saisir. Il court dehors, revient, gronde, se frappe la tête de ses poings, tandis que Walter essaye de le calmer. Il s'assoit à ses côtés et sanglote en le prenant contre lui, lui tirant de nouveaux cris de souffrance.

— Repose-moi, repose-moi. Je t'en prie, reste calme… approche le téléphone, monte dans ta chambre…

Épuisé, Walter s'évanouit à moitié. Chaque respiration est un calvaire. Il se sent cassé de partout.

Damien continue de gronder et de sangloter.

— Damien, je t'en prie, remonte dans le grenier. Enferme-toi… ne bouge pas… je vais appeler des secours, surtout ne te montre pas… laisse-moi… donne le téléphone…

Damien n'entend pas. Il va et vient en se frappant les mains comme pour vider sa rage. Walter, à bout de forces, réussit à attraper le téléphone.

— Damien, je t'en supplie, va-t'en ! Si tu restes ici, je ne peux pas demander des secours ! Damien, fais-le pour moi !

Les mots finissent par porter. Damien se penche, embrasse Walter, lui infligeant par sa force mal contrôlée de nouvelles douleurs.

— Walter, Walter… qui c'est, qui c'est… ?

— Va-t'en, je t'en supplie…

À contrecœur, Damien obéit et remonte chez lui.

Avec difficulté, Walter forme le numéro du docteur Aix.

— Docteur ? Ici… Walter, oui, c'est ça… venez vite, je viens d'être attaqué chez moi… je suis très mal. Oui, sûrement des fractures, je ne sais pas… passez par-derrière, la porte est ouverte, je vous en prie, faites vite.

— Eh bien, bon sang, vous avez été drôlement arrangé, grommelle le docteur Aix, en aidant avec précaution Walter à s'allonger sur le canapé. Va falloir aller à l'hôpital, moi, je peux rien faire sans radio.

— Faites-les venir ici.

— Mais non, c'est pas possible ! Vous devez au moins avoir deux côtes cassées et des contusions multiples. Vous avez vu votre tension ? Neuf/quatre. Vous croyez que je vais vous laisser ici tout seul ?

— Aidez-moi à monter dans ma chambre et donnez-moi des calmants, ça ira. J'irai demain à l'hôpital.

— Sûrement pas, mon cher ! J'appelle une ambulance et je vous emmène avec moi. Si vous avez des fractures ouvertes aux côtes, le bout d'os peut embrocher votre poumon !

— J'irai demain, s'entête Walter.

Ulcéré, Aix se redresse. Il considère Walter d'un regard plein de colère.

— Je ne risquerai pas ma réputation et votre vie pour un caprice, Walter.

Walter comprend que le toubib ne cédera pas. Mais peut-il laisser Damien enfermé tout seul au grenier ? D'un autre côté, une fois les radios faites et son torse bandé, il signera une décharge à l'hôpital et reviendra ici.

— Bon, d'accord, allons-y, consent-il.

Aix renifle de contentement et téléphone à l'ambulance. Il prévient aussi l'hôpital.

Walter tend l'oreille dans la crainte d'éventuels bruits au grenier. Mais la maison est silencieuse. Damien semble avoir compris.

— Qui étaient ces types ? interroge le docteur Aix en s'asseyant à côté de son patient.

— Des cambrioleurs, je suppose.

— Des cambrioleurs ? Mais qu'ont-ils pris ?

— Rien, je me suis défendu.

— Vous vous êtes défendu ? Ils vous ont mis en pièces, oui. Des voleurs n'agissent pas de la sorte ! Ils étaient là pour vous tuer !

— Pour quelle raison ? Je vous dis que ce sont des voleurs. Je les ai surpris, ils ont eu peur. Ils m'ont battu et ont filé.

— Et vous les reconnaîtriez ?

— Ils étaient cagoulés.

— Cagoulés ! suffoqua le médecin, mais on n'a jamais vu ça ! Cagoulés, répéta-t-il. Mais pourquoi ? Les cambrioleurs attendent en général que les maisons soient vides pour entrer !

Walter, qui ne sait pas quoi répondre, ferme les yeux. Si seulement ce bon dieu de toubib voulait bien se taire !

Il entend la sirène de l'ambulance et frémit en imaginant ce que ce bruit doit faire à Damien. Pourvu qu'il se tienne tranquille.

Les brancardiers entrent après qu'Aix leur eut ouvert la porte du salon.

— Allez-y doucement, recommande-t-il.

Ils prennent le blessé avec précaution et l'installent sur leur brancard.

— À l'hôpital de région ?

— Ouais, ouais, je les ai prévenus, je vous suis dans ma voiture. Donnez-moi vos clés, dit-il à Walter, je vais fermer les portes, inutile de prendre d'autres risques.

— Ben, ils vous ont pas loupé !

L'inspecteur Keller examine avec effarement le notaire allongé sur le canapé. Il a en main le certificat du docteur Aix, mentionnant les sévices dont a été victime Me Walter.

Fractures ouvertes sur deux côtes, entorse grave au genou droit ; contusions et hématomes nombreux sur tout le corps.

Walter, revenu très vite de l'hôpital à cause de son inquiétude concernant Damien, est abruti par les analgésiques dont l'a bourré le toubib. Il regarde le flic avec écœurement.

— Alors c'était qui ? répète celui-ci pour la troisième fois, en tirant une chaise et en s'installant confortablement près de lui.

— Je vous ai dit que je n'en savais rien. Ils étaient masqués.

Keller grimace en se mordant les lèvres. Il n'y croit pas. Deux types encagoulés armés d'un gourdin et d'un coup-de-poing américain pénètrent dans une maison habitée à dix heures du soir, dérouillent consciencieusement l'occupant et repartent sans rien piquer.

— Et il ne vous manque rien ?

Walter soupire en secouant la tête. Dès que les calmants ne font plus d'effet, à cause de ces sacrées côtes cassées, il peut à peine respirer. Il ne se souvient pas avoir jamais autant souffert. Ce qui le tend, c'est la rage qui le dresse contre Bentz et Saurmann, qu'il sait responsables de l'agression.

— Et ça vous paraît pas bizarre ? insiste Keller.

— Écoutez, inspecteur, j'en sais rien ! C'est peut-être un client pour qui j'ai rédigé un mauvais contrat !

Keller le regarde d'un air mauvais. Il déteste qu'on le prenne pour un con. Et c'est justement ce qu'est en train de faire ce type.

Keller, qui subit depuis un bon moment l'atmosphère empoisonnée des locaux de la police, suite à leur échec à eux – et aux gendarmes – pour la capture du cinglé, n'a qu'une envie : se mettre en congé maladie pour ne plus entendre les hurlements hystériques de son chef et les remarques fielleuses de son entourage. Si maintenant le notaire de la ville se fait esquinter chez lui par des fantômes et ne veut pas l'ouvrir, il va tous les envoyer baigner ! Il n'est pas arrivé à quatre ans de la retraite pour se faire emmerder comme un bleu !

— Vous portez plainte, quand même ?

— Ça sert à quelque chose si je ne peux pas les identifier ?

— Portez plainte contre X. Ça se recoupera peut-être avec une autre affaire. Ça semble pas être des débutants, on les retrouvera sur un autre coup. Ils étaient masqués, d'accord, mais corporellement, comment ils étaient ? Comment ils étaient habillés ? Ça, vous l'avez vu, tout de même ?

— Un grand costaud, celui avec le coup-de-poing métallique. L'autre plus petit, mais râblé. Blouson, je crois, marron ou bleu marine ou peut-être gris foncé... Ah, oui, ils portaient des chaussures de sport.

— Comme quoi ? Quel genre ?

— Genre basket ou tennis.

— Ils ont parlé ?

Walter hésita.

— Heu... je ne me souviens pas...

Keller plissa un œil et le regarda de travers.

— Écoutez, monsieur, si vous ne voulez pas qu'on retrouve vos agresseurs, moi, franchement j'en ai rien à secouer. J'ai d'autres soucis en ce moment, vous voyez ? J'suis là parce que mon chef a reçu un coup de téléphone du docteur Aix, comme quoi il vous avait trouvé dans un triste état, suite à une agression perpétrée chez vous par deux hommes. Voilà. Maintenant, vous voulez pas coopérer, j'peux pas vous obliger, mais vous pourrez pas m'empêcher de trouver ça louche, voyez ?

— Écoutez, inspecteur, ils m'ont assommé, je les ai à peine entrevus... Vous croyez qu'ils m'ont laissé une carte de visite ? J'ignore pourquoi ils ont fait ça.

— Ouais... y a de l'animation depuis qu'vous êtes revenu, m'sieur, vous trouvez pas ? dit Keller en se levant lourdement.

— Je ne comprends pas.

— J'ai des collègues qui passaient justement dans la rue de la République et qui ont vu votre...

altercation avec M. Saurmann... y sont pas intervenus parce qu'on leur a rien demandé, voyez... Enfin, on peut pas empêcher les gens de parler, s'pas ?

— Vous appelez « animation d'une ville » un différend personnel, inspecteur ?

— Ouais, bon, je vais vous laisser vous reposer, s'il vous revient quelque chose... Alors vous portez plainte ?

— Si ce doit être utile...

— Je vous ferai porter le registre de « main courante » parce qu'apparemment vous pouvez pas vous déplacer.

— Je vous remercie.

Keller reste encore un moment, semble réfléchir, puis tend la main à Walter.

— J'espère que tout ça ne vous fera pas regretter d'être revenu, lâche-t-il enfin.

— Au contraire, répond Walter.

Dumoutiers relut pour la cinquantième fois la synthèse des rapports concernant la cavale du cinglé. C'était comme si le type s'était volatilisé.

Et il en avait plus que marre de se traîner dans ce bled pourri, où les habitants faisaient semblant de parler allemand quand il les interrogeait.

Le commissaire Schwantz et son collègue le gendarme Nicoud s'ingéniaient en plus à lui faire comprendre combien lui et Sirène étaient de trop.

Dumoutiers avait vingt ans de maison, et autant de raisons d'en avoir marre des coups fourrés que se distribuaient généreusement les différents corps de police.

Il ne rêvait que de revoir Paname et ses copains du 421, le bistrot où il se rendait le soir pour boire un coup. Allez donc chercher chez ces ploucs un zinc aussi chouette que le 421 !

Il regarda son adjoint qui, au téléphone, reprenait patiemment les témoignages de ceux qui avaient cru apercevoir le tueur. Rien ne le faisait broncher, Sirène. Ce mec avait la patience d'un moine, pas comme lui.

Un des flics entra à ce moment au poste et se laissa tomber sur sa chaise, devant son bureau. Il semblait crever de chaleur, mais c'était normal avec cette température. Un four. Dans ces foutus pays, ou tu crevais de froid ou tu cuisais. Ils appelaient ça le climat continental. Le flic le regarda et agita la main dans sa direction.

— J'suis crevé, dit-il.

Il était petit et rougeaud. Un coléreux, pensa Dumoutiers, remarquant ses mâchoires serrées.

— Il fait rudement chaud, acquiesça Dumoutiers, faudrait une piscine.

L'autre opina.

— Alors, où vous en êtes avec le dingue ?

— Pas bien loin, répondit Dumoutiers. À mon avis, la chaleur l'a fait fondre.

Le flic ricana de connivence. Dumoutiers se souvint soudain de son nom. Keller. Comme sa boulangère de la rue des Panoyaux. Le flic alla chercher le registre de « main courante » et appela un planton.

— Hé, va porter ce truc chez le notaire et enregistre sa plainte... tu sais, celui qui s'est fait tabasser l'autre soir. Y peut pas bouger. Fais-lui signer.

Le planton se saisit du registre et sortit.

— Y a un notaire qui s'est fait tabasser ? s'étonna Dumoutiers, j'savais pas qu'c'était un métier si dangereux.

— Moi non plus, soupira Keller, mais c'est pas clair, c't'histoire. Le mec se fait salement dérouiller, y sait pas par qui, on lui vole rien, les types étaient encagoulés, armés de gourdin et de coup-de-poing

186

américain ! Merde, on n'a jamais vu ça ! Ça devient Chicago ici, ma parole !

— Politique, drogue, grand banditisme ? suggéra Dumoutiers.

— C'que j'sais ! D'après ce que j'ai entendu, ce type il a débarqué y a une petite année et ça n'a pas fait plaisir à tout le monde.

— Ah bon ?

— Sa famille a été dénoncée, déportée du village direction les camps, et transformée en savonnettes. Et y aurait des gens du coin qui seraient pas nets.

— Ah, merde, c'est dur, ça !

— Ouais. Bon, ben moi j'me rentre. J'en ai assez fait pour aujourd'hui. Vous comptez rester longtemps parmi nous, inspecteur ?

— Non. Si on repère pas votre dingue dans les jours qui viennent, ça voudra dire qu'il a passé la frontière. Dans ce cas, c'est Interpol qui se chargera du bébé. J'ai pas encore pris mes vacances, et j'ai une petite pension où je suis nourri comme un pape qui m'attend dans un coin de la Creuse pas pourri du tout. Pêche, bouffe, promenade, et le soir un câlin avec la patronne qui s'ennuie toute seule le reste de l'année.

— Ben, j'comprends que vous avez envie de déguerpir. Bon, ben bonne chasse quand même.

— Merci, à d'main.

Dans son bureau de la clinique des Bons Enfants, le docteur Bentz tente de mettre de l'ordre dans le magma qui lui remplit la tête.

Il vient de recevoir une lettre d'un avoué de Bonn, l'informant qu'un groupe pharmaceutique allemand vient de racheter les parts de sa femme et qui lui propose de racheter les siennes. Salope ! Elle a fait son coup en douce, sans rien lui dire !

Aussitôt, il a téléphoné chez lui, mais la bonne lui a répondu que Madame l'avait prévenue qu'elle partait pour quelques jours.

Il a fait semblant d'être au courant pour ne pas avoir l'air d'un con. Mais au ton de la bonniche, il a compris qu'elle aussi était dans le coup ! Bentz gémit. Nom de Dieu ! Il ne comprend plus ! Avec qui Paula est-elle partie ? Son amant ? Mais qui est son amant ?

Au petit déjeuner qui a suivi sa visite chez cette Anne-Sophie machin, il a voulu l'interroger, mais elle l'a envoyé proprement promener.

— C'est une de mes amies. Je pense prendre quelques jours de vacances avec elle.

— Mais d'où elle sort ?

Paula avait souri.

— Vous la connaissez, mon ami, ne vous mettez pas dans ces états. Je ne pars pas avec un homme.

— Encore heureux ! Le gardien m'a dit que vous y étiez toujours fourrée ! Qui est cette fille ? Vous avez dit au gardien que c'était votre nièce. Vous n'en avez pas.

— Le gardien est un peu trop curieux et bavard.

— Je sais pas s'il est trop curieux, mais moi j'aimerais bien savoir ce que vous manigancez !

Eh bien maintenant, il le savait. Elle l'avait mis en minorité. Mais pourquoi, pourquoi ?

Excédé, il se leva et se planta devant la fenêtre qui donnait sur l'arrière de la mairie. Il bouillait de devoir attendre son retour pour avoir une explication. Une ambulance qui filait en direction de l'hôpital général le fit repenser à l'histoire du notaire. Complètement dingue aussi, ce truc ! À moitié tué chez lui par deux hommes masqués. Comme dans les films !

Son père lui avait parlé de l'irruption de Walter dans une de ses réunions électorales, et la façon dont ça s'était terminé.

Bentz, qui connaissait son père, n'était pas loin de penser que c'était lui l'instigateur de l'agression.

Le père Bentz n'avait jamais encaissé les Walter. Déjà, à l'époque, il lui avait ordonné de ne pas les fréquenter. C'était du temps où ils vendaient des chaussures sur les marchés de la région alors que les Walter avaient une belle boutique.

Son père n'arrêtait pas de critiquer leur façon de faire des affaires, de négocier avec les clients, de faire des courbettes. En plus, un des grossistes de son père était juif, et il s'était pris de gueule avec lui pour une histoire de traite impayée.

Son père traitait les Juifs de cosmopolites – à l'époque il avait cherché la signification du mot dans le dictionnaire –, de voleurs, de menteurs, de prétentieux. Il les rendait responsables de ses mauvaises affaires et du climat politique détestable de l'époque. Quand Blum était arrivé au pouvoir, ça avait été le comble.

Il repensa à Paula. Qu'est-ce qu'elle fabriquait, avec cette fille ? Et pourquoi lui avait-elle dit qu'il la connaissait ? Ce n'était quand même pas possible que...

Il eut un frisson. Et si ce n'était pas avec un homme qu'elle le trompait ? Non, mais là il délirait !

Il relut la lettre envoyée par Bonn. Avec la vente de ses parts, Paula l'avait mis en minorité. Il allait subir le diktat des financiers. Quand son père apprendrait ça ! Déjà qu'avec Paula, les relations n'avaient jamais été au beau fixe... Est-ce que c'était son amant qui la conseillait ? Mais avait-elle seulement un amant ?

Paula avait le droit de vendre ses parts, mais elle aurait dû lui en parler avant. Elle agissait comme s'il n'existait pas. Nom de Dieu, il était quand même son mari !

Il se mit à marcher de long en large. Il ne supporterait pas que des étrangers lui donnent des ordres ! Ça non ! Surtout des Boches !

Il prit sur son bureau un de ses cigares et l'alluma en inhalant une large bouffée qui le fit tousser. Qu'est-ce qu'elle cherchait, Paula ? Le divorce ? Comme ça, tout à coup ? Alors, c'est qu'elle avait quelqu'un. Bon Dieu, où était-elle partie, et pour combien de temps ? Il sentit monter la rage. Si elle voulait la guerre, elle l'aurait. Il n'allait sûrement pas se laisser dépouiller sans réagir. Même si les fonds de la clinique venaient d'elle, c'est lui qui la faisait marcher. Dix-sept ans. Dix-sept ans qu'ils se supportaient.

Il était encore étudiant quand ils s'étaient mariés. Elle lui plaisait à l'époque, malgré son caractère indépendant, auquel il avait fallu qu'il s'habitue. C'est vrai qu'elle savait ce qu'elle voulait. Son père l'avait poussé.

« La fille Bacher, elle a le sac, et en plus elle est mignonne. Tu n'auras pas besoin d'attendre cent sept ans pour opérer dans ta propre clinique. »

La sonnerie du téléphone le fit sursauter.

— Oui ? dit-il d'un ton rogue.

C'était son père.

— Salut, fils, comment ça va ?

— Comme ça.

— Dis donc, t'as eu le notaire, chez toi ?

— Walter ? Non, il est allé à l'hôpital général, pourquoi ?

Son père ricana.

— Paraît qu'il a été drôlement esquinté, tu sais qui c'est ?

— Comment le saurais-je ? On parle de cambrioleurs...

À l'autre bout, son père rit plus franchement.

— T'en as déjà vu, des voleurs qui partent sans voler ?

Bentz serra les mâchoires.

— T'es peut-être au courant, toi ?

— Moi ? Et pour quelle raison ?

— Il est venu t'emmerder dans une de tes réunions, non ?

— Oh, pour c'que j'en ai à foutre ! Il s'est fait sortir à coups de pompes dans le cul, et il est pas près d'y revenir, crois-moi ! Enfin, n'empêche que ça fait plaisir de voir qu'il y en a qui ont encore des couilles !

— Il a été sérieusement blessé, lâcha le docteur Bentz d'un ton glacial.

— Bof, il s'en remettra. Bon, c'est pas pour ça que je t'appelais. Dimanche je fête mon anniversaire, comme tu sais je suis un Lion. Alors j'organise une garden-party, je t'attends avec Paula.

— Heu… Paula a pris quelques jours de vacances.

— Ah, ouais ? Toute seule ?

— J'avais du travail.

— Bon, ben viens tout seul, fiston. Maintenant, si tu veux emmener une copine, moi ça ne me gêne pas. Il y aura Bonduel et quelques huiles du coin. Qu'est-ce tu veux, on devient pas sénateur en soufflant dessus. Allez, à dimanche, tchao !

Il raccrocha et resta à réfléchir. Somme toute, son père s'en foutrait s'il divorçait. On n'était plus à l'époque où c'était honteux. Faudrait juste que Paula ne parte pas pour quelqu'un. Parce qu'orgueilleux comme il était, le père Bentz ne supporterait pas que son fils soit largué.

192

Si elle voulait vraiment divorcer et partager les biens, ça devrait se faire dans la discrétion. Elle paierait pour sa liberté.

Rasséréné, le docteur Bentz décida de prendre des nouvelles du notaire. On n'avait pas tellement d'occasion de s'amuser, dans ce patelin.

Bien qu'il soit resté une semaine sans presque bouger, Walter n'est pas en forme.

Sa secrétaire est venue régulièrement lui apporter les dossiers en cours. Elle l'a interrogé avec gourmandise sur son agression, mais il l'a envoyé balader et elle est repartie en rogne.

Toute la journée, Damien reste près de lui. Il s'assoit dans le canapé de son bureau et attend que Walter ait terminé de travailler. Il ne remonte qu'en fin de journée, quand la femme de ménage vient préparer les repas.

Walter, à qui cette présence pèse, essaye de l'éloigner.

— Je reste parce qu'on veut vous faire du mal, réplique Damien, le front têtu.

— Personne ne me fera plus rien, tu peux monter dans ta chambre. D'ailleurs, tu pourras entendre s'il se passe quoi que ce soit.

Un soir, Walter monte rejoindre Damien qui, entendant ses pas, sort sur le palier.

— Tu m'attendais ? demande Walter en souriant.

Damien le regarde d'un air gêné, et Walter s'aperçoit qu'il est habillé d'un de ses costumes.

— Mais tu es magnifique ! dit-il en riant, l'entraînant dans sa chambre. Eh, il te va !

Mais Damien résiste et, surpris, Walter le regarde.

— Qu'est-ce que tu as ?

Soudain, une odeur désagréable lui pique les narines. Il se tourne vers la chambre et sent ses cheveux se hérisser sur sa nuque. En plein milieu de la pièce gît le cadavre décapité d'un chat roux.

Le sang coagulé forme comme un collier sur le poil de la pauvre bête. Walter a cessé de respirer. Ses doigts se crispent sur le bras de Damien qu'il n'a pas lâché.

— Qu'est-ce que c'est que ça ? souffle-t-il.

Il entend un sanglot et, se retournant, voit Damien pleurer.

— Pourquoi tu as fait ça, salopard ! hurle-t-il, perdant son sang-froid.

Il le gifle violemment.

Le jeune homme se dégage et court se réfugier dans un coin de la pièce en se protégeant des deux mains. Walter se rue derrière lui, traînant sa jambe qui vient juste d'être déplâtrée.

— Qu'est-ce que tu as fait ! hurle-t-il encore, la main levée.

Damien ne peut pas répondre tellement il suffoque sous les sanglots. Il se tourne contre le mur comme s'il voulait s'y enfoncer.

— Pourquoi tu as tué cette pauvre bête, hein, pourquoi, espèce de cinglé !

Damien voudrait lui expliquer qu'il ne voulait pas tuer le chat, mais sauver l'oiseau que le chat avait tué. Le chat avait attendu que les parents des petits oiseaux quittent le nid pour grimper et manger les bébés.

Damien a tout vu. Il a aussi entendu le désespoir des parents quand ils ont trouvé le nid vide. Alors le lendemain, quand le chat est revenu pour recommencer, il l'a attendu au pied de l'arbre, l'a attrapé et lui a tordu le cou.

C'est tout ça qu'il voudrait expliquer, mais sa voix est si chevrotante de chagrin que Walter ne comprend que le mot, plusieurs fois répété, d'oisillon.

— Je ne comprends pas, qu'est-ce que tu racontes ? C'est quoi, oisillon ?

Walter est atterré. Si Damien a pu tuer un chat à mains nues, c'est qu'il ne va pas mieux. Et dans ce cas...

— Oisillon, halète Damien, il avait tué les bébés du nid... le chat, alors moi...

Walter finit par comprendre et une immense pitié le saisit.

— Tu voulais le punir parce qu'il avait mangé les petits oiseaux ?

Damien secoue vigoureusement la tête.

— Oui, oui, c'est ça, pardon... c'est ça...

Walter soupire et pose la main sur la tête de Damien.

— C'est la nature, Damien. Les chats sont des chasseurs, dit-il doucement.

Damien ne peut pas s'arrêter de pleurer. Walter l'a frappé, Walter ne l'aime plus. Il lève vers lui un regard implorant.

— Bats-moi, si tu veux, bats-moi...

Walter s'éloigne et ferme les yeux. Damien est un petit animal qui ne réagit qu'avec ses instincts.

Rien de réfléchi dans ce meurtre. Le chat a tué les oiseaux innocents, Damien a puni le coupable. Mais pourquoi a-t-il tué Lionel Deninger ?

Il voudrait comprendre mais sent que l'essentiel lui échappe, et une fois de plus, entrevoit l'immense responsabilité qu'il a endossée en soustrayant Damien à la justice. Aujourd'hui un chat, demain un homme qu'il voudra punir selon sa loi.

— Est-ce que tu comprends que tu as fait une grave faute ?

— Oui, oui, j'ai fait une grave faute parce que tu n'es pas content !

— Pas parce que je ne suis pas content. Tu as fait une grave faute parce que tu as tué, et que c'est interdit de tuer !

— Tout le monde le fait !

— Non, pas tout le monde !

Damien baisse la tête mais regarde par-dessus ses sourcils, comme un enfant espiègle qui voudrait faire rire. Sa sensibilité a tout de suite senti que Walter est moins en colère contre lui. C'est tout ce qui lui importe.

— Viens, on va enterrer ce pauvre chat, déclare Walter, descends avec moi.

En se tenant à la rampe à cause de ses blessures, il affronte les escaliers. Sa jambe se remet mieux que ses côtes qui le font toujours souffrir. Il dit à Damien d'envelopper le cadavre du chat dans une serviette et de le rejoindre dans le jardin.

— Prends cette pelle et creuse un trou, lui ordonne-t-il.

Le chat enterré, Walter fait chauffer le dîner que leur a préparé la femme de ménage.

— Pourquoi tu as mis mon costume ? demande-t-il à Damien.

Damien hésite.

— Parce que si ceux qui t'ont battu reviennent, ils croiront que c'est toi, et moi je les battrai.

— Ils ne reviendront pas, répond Walter.

— Je battrai tous ceux qui te feront du mal, dit Damien d'une voix sérieuse et froide qui alerte Walter.

— Non. Je ne veux pas.

— Je suis fort, moi.

— Oui.

— Qui t'a battu ?

— Je n'en sais rien, mange.

Il a conscience d'avoir entre les mains une arme mortelle. Les autres n'hésiteraient pas à s'en servir.

Mais il ne peut pas leur ressembler.

Il a compris qu'il est revenu pour rien. La justice n'est pas de son côté. Elle est du côté des gens en place, des gens qui ne dérangent pas. Dans les replis du ciel qui n'existe pas, Suzanne et ses parents vont mourir deux fois.

Mais que voulait-il pour eux, la justice ou la vengeance ? Et est-ce tellement important de le savoir ? La justice est fille de la civilisation. Mais trop souvent, c'est une fille ingrate qui ne se donne qu'aux puissants. Tandis que la vengeance... la vengeance est un sentiment qui exalte celui qui s'en sert ; lui rend sa dignité.

Walter observe Damien qui, apaisé, découpe soigneusement sa viande. Qui a placé ce garçon sur son chemin ? Que voulait le destin, ce soir-là ?

Quelle idée avait-il derrière la tête, ce même destin qui a fracassé la vie des siens ?

Damien relève brusquement les yeux et arrête de mâcher.

— Ceux qui t'ont fait du mal, tu ne vas rien leur faire ?

— Je ne sais pas qui c'est.

Damien serre les poings.

— Je sais que tu sais.

Ahuri, Walter le fixe.

— Qu'est-ce que tu racontes ?

— Je sais que tu sais, mais tu as peur !

— Peur ? De quoi ?

— De... de... de me ressembler, balbutie le jeune homme.

Dans le parc, rassuré par la mort du chasseur, l'affairement vital des oiseaux a repris.

— Alors, on dirait qu'on va mieux !

Le docteur Aix arbore un air satisfait en examinant son patient.

— Vous n'êtes pas gros, mais solide.

— J'ai une bonne santé, oui.

— Et envie de guérir... bon. D'après les radios, les côtes se sont bien rengrenées. Ne faites aucun effort, ne portez rien, et tout va s'arranger. Le genou, ça va ?

— Douloureux, mais ça va.

— Parfait, parfait... Alors, on ne les a toujours pas trouvés ?

— Toujours pas, répond Walter en se rhabillant.

— Le monde devient de plus en plus violent, soupire le médecin. Vous avez eu de la chance. Vous pourriez être mort !

— C'est le risque que l'on court en vivant. Je vous sers un verre, docteur ? propose Walter.

— Ah, j'dis pas non. J'ai fini mes visites pour aujourd'hui.

— Whisky, porto, martini ?

— Porto, je veux bien.

Walter va les servir et les deux hommes s'installent dans le canapé.

— Et... pour... le... celui qui a tué le docteur Deninger ?

— Toujours rien, répond le toubib en sirotant son verre d'un air pensif. Tiens, en voilà un dingue, celui-là ! Vous savez que je le connaissais ?

— Comment ça ?

— Il m'est arrivé d'être appelé à l'asile pour soigner une grippe ou un truc comme ça. Rien de bien grave, les fous sont rarement malades.

— Vous l'avez soigné ?

— Non, je l'ai aperçu quand ils l'ont amené de Paris. On en a parlé avec le médecin-chef. C'était un cas classique de schizophrénie. Enfin, si l'on s'en tient à ce qu'on sait de cette affection. Pas grand-chose en réalité.

— C'est quoi, exactement, cette maladie ?

— Oh, mon cher, si je le savais, je ne serais pas dans ce trou à soigner les lumbagos et les bronchites. Je me contente de la définition qu'en donne Jean-Paul Sartre : « Un de ces rêveurs éveillés que la médecine nomme schizophrène et dont le propre est de ne pouvoir s'adapter au réel. »

— C'est exact ?

— À peu près. Point de vue de philosophe. Excellent, ce porto.

— Merci. Et en ce qui concerne cet homme ?

— Oh, ça doit à peu près s'adapter. Je crois que son père a passé pas mal d'années en hôpital psychiatrique, et que sa mère était profondément neurasthénique. Voyez le tableau.

— Et qu'a-t-il fait exactement ?

— Oh, il a proprement massacré deux types ! On n'a jamais su exactement pourquoi. Quand il a été jugé, ce Damien était en pleine confusion mentale. Il disait que ces hommes avaient voulu le déshabiller pour lui faire du mal. Qu'eux-mêmes étaient sans pantalon, ce que je sais… qu'ils se frottaient contre lui… vous voyez le genre. Deux journaliers du coin.

— Vous pensez qu'ils ont voulu… le violer ?

— Pensez-vous ! Des racontars !

— Et si c'était tout de même vrai ?

— Et même ! Il les a littéralement déchiquetés.

— S'il a pu faire ça, c'est que la folie avait décuplé ses forces.

— Évidemment. C'est incroyable, la force des fous ! Ahurissant ! J'en ai vu certains faire des choses dont auraient été incapables dix hommes normalement constitués !

— Oui… et avant ces meurtres, est-ce qu'il avait eu des symptômes ?

— Je ne crois pas. Le médecin-chef n'en savait rien, mais probablement pas. C'est sûrement cet incident qui a mis le feu aux poudres.

— Et… est-ce que ça se guérit ?

— Non. Jamais de la vie ! Vous avez des périodes où tout semble rentrer dans l'ordre, et tout à coup, pffit, ça repart comme en 14 ! Et là, on a intérêt à pas être dans le coin ! Ces gars-là, c'est comme des cocottes-minute !

— C'est toujours aussi dangereux ?

— La schizophrénie ? Non, vous avez des cas où les gens se font plutôt du mal à eux qu'aux autres. Le problème, c'est qu'on ne sait pas quand ça bascule. Bon, ben je vais vous laisser. Je suis bien content de voir que vous allez mieux.

— Oui, merci.

— Vous allez retourner au bureau ?

— La semaine prochaine.

— Bon, mais pas d'imprudence.

— D'accord, au revoir, docteur.

Le soleil a fait donner les grandes orgues pour la fête du père Bentz.

Et depuis la veille, ça s'affaire dans les communs. Les voisins, Speitzer, se sont chargés de tuer le cochon, dont jarrets et jambonneaux vont se noyer dans la montagne de choucroute cuite au riesling des vignes Bentz.

Pour sacrifier à la mode qui se veut diététique, à côté des charcuteries voisinent des crudités, et près des tonneaux en perce s'alignent des bouteilles de jus de fruits.

Bentz, légèrement anxieux, surveille tout. Il se sait jalousé et les derniers événements n'ont pas allégé l'atmosphère.

Tous ont été conviés, mais tous ne viendront pas. Il espère au moins les édiles, ceux qui le propulseront rue de Tournon, à Paris.

Il souhaite aussi ceux qui devront mettre la main à la poche. Ça fait du monde à séduire et à convaincre.

Il téléphone en vain, une fois de plus, à son fils. Ni lui ni sa belle-fille ne sont là. À croire qu'ils se sont envolés dans l'éther. Bentz s'énerve. Si son fils fait la gueule parce que sa grande bringue l'emmerde, c'est vraiment pas le jour ! Il lui faut ses alliés près de lui.

À onze heures, après avoir exaspéré les deux femmes Speitzer et le mari, il monte chez lui se préparer.

Il se demande si le vieux Deninger va se pointer. Pour Saurmann, il n'a pas à s'en faire. Le gros lui a déjà réclamé sa part pour l'expédition punitive. Qu'il aille se faire foutre ! a pensé le vigneron. Aussi rapiat que son père !

Il se rase de près, s'asperge d'eau de Cologne et s'examine, satisfait. Il pourrait bien encore faire le bonheur d'une donzelle. L'ambition lui donne des ailes, et on sait que le pouvoir est un aphrodisiaque pour les femmes.

Il descend en chantonnant, serre les mains des premiers, félicite, pérore, remercie. On passe les verres, l'ambiance se crée doucement.

Il guette l'arrivée du député et son œil se plisse quand, enfin, il l'aperçoit descendre de voiture avec sa femme.

Le député, dont le siège n'est pas acquis, est tout en rond de bras et jambe. Bentz le rejoint, le congratule, s'exclame. On fait cercle, on fend le monde jusqu'au buffet, on rit trop fort pour oublier qu'on ne s'aime pas.

Les invités piquent dans les amuse-gueules pendant que s'installent les tables.

— Je ne vois pas le docteur Bentz, s'étonne le député.

— Toujours en retard, maugrée Bentz. Si encore c'était pour me faire un petit-fils.

On sourit, crispé. Le couple Bentz devra se dépêcher s'il veut une descendance.

On finit par s'installer. Les plats arrivent, surchargés. On s'ébaudit, on acclame.

Le fils Bentz débarque tard, évite le regard courroucé de son père, s'installe, refuse un premier plat, réclame à boire. Son père, comme les autres, s'aperçoit qu'il est ivre.

Deninger n'est pas venu, il ne manque à personne. Les gens qui traînent la scoumoune, on s'en passe.

Au champagne, on porte des toasts pour les soixante-dix ans de Bentz, passés depuis un mois. On a envie de se lever. Déjà les enfants courent dans la prairie. Les jeunes gens se sont regroupés. Les femmes aussi.

Bentz entraîne en marchant un groupe d'hommes. Il cherche à attirer l'attention de son fils qui lui a à peine adressé la parole.

Saurmann, accroché au bras du député, l'assure de son soutien. Mais l'autre sait qu'il ne sera là que s'il est en position de gagner. Et c'est tout de suite qu'il a besoin de l'argent de l'industriel. Les tractations sont âpres sous le sourire conventionnel.

Enfin, Bentz père et fils se rejoignent à l'écart.

— Bel anniversaire, hein, ricane le toubib.

— Pas grâce à toi ! riposte son père. Où est Paula ?

— J'en sais rien !

Bentz fils a les yeux vagues et larmoyants.

— T'as picolé ou quoi ! s'emporte son père.

— Mais tu m'emmerdes, je fais c'que j'veux !

Bentz serre les mâchoires.

— Qu'est-ce qui s'est passé ?

Son fils hausse les épaules sans répondre, mais sa bouche se tord. À cet instant, Saurmann se rapproche. Lui aussi a les yeux chassieux d'ivresse. Sa bouche molle découvre des dents mal plantées.

— Comment ça va, Louis ? demande-t-il au fils Bentz.

L'autre hoche la tête en silence.

— Paula n'est pas venue ?

— Non.

— Vous n'êtes pas fâchés ? s'inquiète faussement le gros.

Le médecin le fixe sans aménité.

— Pourquoi tu dis ça ?

— Je sais pas. Votre bonne est copine avec la nôtre et ma femme les a entendues parler de Paula, comme quoi elle serait partie en vacance avec une amie. Et tu sais qui c'est, son amie ?

Bentz ne bronche pas.

— La patronne du *Divan Japonais*, tu sais, la belle Sophie-Anne... celle qu'a des roploplos en béton ! Une sacrée nana !

— Et alors ? crache le toubib.

— Ben alors, rien. J'voyais pas ta femme avec une copine comme elle.

Saurmann se fend d'un grand sourire qui se veut amical, mais Bentz a l'impression d'y voir briller des lames de rasoir.

Saurmann est un mauvais, un tocard intégral. Bien le fils de son père. Comme lui ? Non, pas comme lui. Son père aussi est un tocard, mais lui est simplement ambitieux.

— Tu t'es jamais aperçu de rien ? reprend Saurmann.

— Aperçu de quoi ?

Le gros hausse les épaules et se retourne vers sa femme qu'il voit venir. C'est pas à lui que ça arriverait qu'elle se tire avec une autre bonne femme. Lui, il a ce qu'il faut où il faut. Il regarde en coin Bentz, qui paraît dessaoulé. Tout près, le père Bentz n'en a pas perdu une miette.

Ça va leur rabattre le caquet à ces enflés que la femme du toubib se soit tirée avec une gouine !

Quand Walter retourne à l'étude, il sent l'hostilité dans la curiosité polie du personnel à son égard.

Dans ces sociétés verticales, chacun doit rester à sa place. Choses et gens, préformés, ne peuvent pas surprendre. Ou alors, ils en payent le prix.

Bentz téléphona à Dufour.

— Ouais ?

— Je suis l'ami de celui pour qui vous venez de travailler.

Au bout du fil, Bentz peut presque entendre réfléchir le malfrat.

— Ouais…

— J'ai un autre boulot.

— Ah ? Même genre ? lâche Dufour presque timidement.

Dans son esprit, même genre signifie même prix.

— À peu près. Où peut-on se voir ?

— J'sais pas… en ville ?

— Non. Au carrefour de la D3 et de la N12, il y a un café, je ne sais plus son nom. Vous voyez ?

— À hauteur de Schirmeck ?

— Un peu avant. Demain, trois heures, ça va ?

— Heu... ouais.

— À demain, termine Bentz en raccrochant.

Walter va physiquement mieux. Physiquement seulement. Au fur et à mesure que le temps passe, la conscience de sa défaite devient plus aiguë.

Il ravale du mieux qu'il peut son amertume. Damien l'aide dans ce travail parce que, grâce à lui, il se persuade que d'une certaine façon il a pris sa revanche sur ce monde qu'il honnit.

Les recherches ont été plus ou moins abandonnées en France pour être reprises en Allemagne, où l'on pense que s'est réfugié le fou meurtrier.

Le garçon est calme la plupart du temps. La femme de ménage, qui a pris ses vacances d'été, ne le gêne plus pour ses déplacements dans la maison. Il s'y est installé comme s'il y était né.

Walter a fermé l'étude pour deux semaines après avoir enregistré l'acte de vente de Paula Bentz. Il n'a pas revu son mari.

Ils se sont quittés comme deux personnes qui partagent le même secret et ne devraient plus se revoir.

— Je ne sais pas quoi vous souhaiter, a-t-elle dit. Mais sachez que je suis dans votre camp.

Il a souri, de ce sourire infiniment triste qui l'a émue.

— On est parfois trahi par ses alliés, a-t-il murmuré.

— J'aurais aimé que ça se passe autrement.

— Je sais. Rendez-la heureuse.

Bentz arrête sa voiture devant l'immeuble du 37 de l'avenue des Acacias. C'est son fils qui lui a fourni l'adresse. Sa chiffe molle de fils ! Il mérite presque ce qui lui arrive. Non seulement sa garce de femme l'a fait cocu, mais en plus elle l'a ruiné !

Il descend de sa Citroën et entre dans l'immeuble. La fille habite au quatrième. Il prend l'ascenseur et sonne à sa porte.

— Oui ?

Bentz considère la jeune femme qui lui a ouvert. Il est surpris de son apparence. Rien à voir avec une pute.

— Mademoiselle Doucet ?

— Oui.

— Je suis Pierre Bentz, le père du docteur Bentz.

La femme n'a pu s'empêcher de ciller.

— Je peux vous parler ? reprend Bentz.

— De quoi ? demande-t-elle sans bouger.

— De ma belle-fille Paula.

Elle hésite, puis s'efface.

Ils restent debout près de la porte qu'elle n'a pas refermée.

— Je peux entrer quelques instants ?

Elle s'écarte sans l'inviter à s'asseoir, mais elle a repoussé la porte.

— Je vous écoute.

— Vous êtes une amie de Paula, n'est-ce pas ?

— En effet.

— Vous rentrez de voyage ? demande-t-il en regardant une valise et un sac posés dans l'entrée.

— Monsieur Bentz, en quoi mes voyages vous concernent-ils ?

— À cause de mon fils, mademoiselle.

Elle s'écarte et va prendre une cigarette dans une boîte posée sur une table basse.

— Je ne suis pas partie avec lui, répond-elle en l'allumant et en tirant une bouffée.

— Non, avec sa femme, votre maîtresse !

Sophie-Anne s'adosse à un pilier qui sépare l'entrée du salon. Elle écrase sa cigarette et toise Bentz avec arrogance.

— Je ne vois toujours pas en quoi ça vous concerne.

— Je vais être clair. Je veux que vous disparaissiez de sa vie. Je veux que vous laissiez ma belle-fille tranquille ! Qu'est-ce qu'il faut pour ça ?

Il a élevé la voix, son attitude est menaçante.

— Que moi ou elle soyons lassées, crache, glaciale, la jeune femme.

— Je ne tournerai pas autour du pot. Je sais qui vous êtes et ce que valent les femmes comme vous. Combien ?

— Une minute pour que vous sortiez d'ici avant que j'appelle le gardien.

Bentz serre les poings de fureur.

— Joue pas avec moi, grince-t-il. Un ou deux coups de fil et ta vie devient un enfer.

— Le téléphone est sur la table.

Bentz sent monter une envie de meurtre. La garce, la petite salope, une pute, ou tout comme, qui ose menacer l'honneur des Bentz !

Sophie-Anne a reculé devant ce qu'elle lit sur son visage.

— Sortez ! intime-t-elle. On n'est plus en 1940, monsieur Bentz. Les miliciens n'existent plus !

212

Il a levé sa canne d'un geste instinctif... et l'a rabaissée lentement. Sophie-Anne n'a pas bronché.

— Salope ! crache-t-il avant de sortir avec fracas.

Quand il s'est retrouvé sur le trottoir, suffoquant de rage, un orage a éclaté. Un de ces orages de chaleur qui stockent la lumière et la recrachent avec colère. Bentz a insulté le ciel pour ce qu'il allait faire.

— Le père de ton mari sort d'ici, dit Sophie-Anne, à peine Paula est-elle entrée.

— Quoi ?

— Il sait pour nous. Il m'a proposé de l'argent pour que je parte.

— Le salaud !

— Je l'ai envoyé promener dans les grandes largeurs. Il avait l'air mauvais.

— Il n'a pas que l'air, il l'est !

— Comment a-t-il appris ?

— Je n'en sais rien ! Mais tu sais, ici, les secrets ne durent pas longtemps.

Elle se laissa tomber dans le canapé et alluma une cigarette. Louis était-il au courant de l'initiative de son père, ou celui-ci avait-il agi de lui-même ? Elle penchait pour la seconde hypothèse. Le vieux était un patriarche qui prétendait régler toutes les affaires familiales, et son fils était un mou qui lui avait toujours cédé. N'empêche, elle n'était pas sûre que cette fois il le prenne bien.

— Qu'est-ce qu'on va faire ? demanda Sophie-Anne en s'asseyant à ses côtés.

— Comme on l'a décidé. À présent que j'ai signé, plus rien ne nous retient.

— Et pour ici ?

— Je l'ai donné à une agence.

— Que va faire Louis ?

— Que peut-il faire ? À part pleurer dans les jupons de son père. Le vieux lui paiera un cabinet.

— J'ai peur, Paula. Si tu avais vu ses yeux !

— Je les connais, hélas. Mais on part demain, tu ne risques rien. Ce ne sont tout de même pas des voyous.

— Tu es bien ?

— Oh, oui, oh, oui…

Damien rit comme un enfant. Les deux hommes passent de longs moments ensemble. Damien aide Walter qui a décidé de travailler dans le jardin.

Depuis qu'il est arrivé, il l'a laissé en friche, et veut à présent le reprendre en main. Peu habitué aux travaux rudes, il est tout courbatu de fatigue mais en rajoute, comme si chaque coup de bêche, chaque souche qu'il arrache avec rage, lui apportait un soulagement.

Le soir, ils dînent dans le jardin, à l'abri des regards. L'isolement dans lequel on tient le notaire les arrange. Walter va faire les courses en prenant soin d'acheter l'alimentation dans différents endroits. Damien a un solide appétit, inutile de donner l'éveil.

Le jeune homme n'a plus eu de crise. C'est comme s'il y avait eu un avant et un après. Il n'y a que les sirènes des ambulances qui le jettent parfois dans des états de peur et de colère. Quand il en entend il se rapproche de Walter, comme pour se mettre sous sa protection.

Celui-ci le calme en lui parlant doucement, en le caressant. Il sait qu'un jour la bombe qu'est Damien risque de lui exploser à la figure, à la faveur de n'importe quoi.

Avant de repartir, Sophie-Anne lui a téléphoné pour lui dire au revoir et le remercier.

— De quoi ? a-t-il demandé.

— D'avoir été un de ceux qui m'ont raccommodée avec ce monde.

— J'étais pourtant le plus mal placé. Vous êtes heureuse de partir ?

Elle n'a pas répondu immédiatement.

— Je ne sais pas encore, a-t-elle fini par lâcher. Ce que je sais, c'est que la vie ne me donnera pas une seconde chance comme celle-là. Vous savez, Walter, le bonheur est une invention des adultes, à leur propre usage. Ça n'existe pas plus que le Père Noël pour les enfants, mais tant qu'on y croit, ça aide à vivre.

— Vous allez me manquer.

— Je ne vous oublierai pas. Peut-être nous reverrons-nous.

— Dans une autre vie, oui.

— Bonne chance, Walter.

— À vous aussi.

Dufour, en compagnie de son acolyte, Jojo, arrêta sa vieille Chambord couleur chocolat et vanille devant le 37 de l'avenue des Acacias.

Cette voiture était sa secrète vanité. Âgée d'une petite dizaine d'années, elle était, comme les pieds du biffin, l'objet de tous ses soins. Banquettes en cuir récupérées dans un casse, enjoliveurs américains et klaxon symphonique, phares à iode et pare-soleil chromé extérieur.

— Qu'est-ce qu'on fait ? s'inquiéta Jojo, perpétuellement anxieux si on le laissait sans ordre.

— On attend que l'autre grognasse se tire, éructa son compagnon.

Et de fait, une petite demi-heure plus tard, Paula Bentz sortit de l'immeuble, monta dans sa MG et démarra en direction du centre.

Sophie-Anne avait trente-quatre ans, et Paula, quarante-six. Elle n'avait jamais trompé son mari avec quiconque. Elle avait été jusque-là d'accord avec Lord Sandwich qui avait déclaré, s'agissant de l'acte amoureux, que c'était trop coûteux quant à sa brièveté, et grotesque quant aux positions. Mais elle avait rencontré Sophie-Anne et oublié Lord Sandwich.

Pour l'instant, elle se préparait à affronter une dernière fois son époux, pour mettre au point avec lui la fable qu'il servirait à leurs relations à propos de leur séparation. Elle n'avait même pas l'intention de lui faire part de la démarche de son père. Il l'apprendrait bien assez tôt. C'était leurs oignons.

Elle se moquait totalement de la manière dont il l'habillerait. Elle était bien décidée à ne jamais remettre les pieds dans cette région refermée sur elle-même, agressive comme un poing serré.

Elle ne remarqua pas la Chambord deux tons arrêtée un peu plus loin.

Dufour, dit P'tit Louis, cracha quelques brins de tabac entre ses incisives, renifla un coup et sortit de la Chambord.

— On y va.

Dans l'ascenseur, ils enfilèrent leur passe-montagne et se présentèrent ainsi accoutrés devant la porte de Sophie-Anne, où ils sonnèrent. Celle-ci, croyant à un oubli de Paula, ouvrit sans méfiance.

Aussitôt les deux hommes s'engouffrèrent à l'intérieur, la projetant à terre.

La jeune femme ne perdit pas son sang-froid. Elle savait pourquoi les deux malfrats étaient là.

— Ne me touchez pas, je vous paierai si vous repartez sans problème.

Jojo ne put s'empêcher de rire.

— C'est une manie, ils veulent tous nous payer !

— Ta gueule, grogna P'tit Louis.

Sophie-Anne se releva et recula au centre de la pièce.

— Qu'est-ce que vous voulez ?

— T'enlever le goût de plaire, ricana P'tit Louis. C'est dommage, t'es un beau petit lot !

— C'est Bentz qui vous envoie ?

Sur le coup, le nom ne dit rien au voyou, puis la mémoire lui revint. Le type qu'il avait rencontré, il avait bien cru le reconnaître.

— T'es trop curieuse, ma petite, dit-il, se rapprochant.

— Bentz veut que je parte, dites-lui que c'est d'accord, coupa-t-elle.

218

— Bon, si ça s'arrange, opina Dufour, continuant d'avancer.

Sophie-Anne peut voir le regard de son agresseur. Un regard chargé de boue qu'elle a déjà vu chez des hommes.

Jojo est resté en arrière, sa main cerclée de fer pendant à ses côtés. Là, devant la fille, il hésite à cogner de son poing lourd. Elle est gironde, la frangine. Cogner sur un mec, passe encore, mais cette gonzesse est tout ce qu'il y a de bandante.

C'est sûrement l'avis de P'tit Louis qu'il voit défaire sa ceinture et ouvrir son pantalon. Il ricane. Le chef d'abord. Normal.

Sophie-Anne recule tout contre le mur. Elle a compris qu'elle ne pourra pas échapper à l'horreur qui l'attend.

Alors, comme la fois où ça lui est arrivé, toute môme, quand, dans son quartier pourri, elle s'est retrouvée en face de la bande de petits salopards qui l'avaient coincée, elle tente encore une fois de déconnecter son cerveau de son corps. De séparer ce qui est important de ce qui se lave.

— Finissez-en vite, espèce de petites ordures, puisque c'est ce que vous voulez !

Les deux violeurs s'arrêtent, décontenancés. C'est pas comme ça que ça devrait se passer. Forcer une fille, c'est aussi s'emparer de sa peur. Le plaisir passe par là. Ni l'un ni l'autre n'en sont à leur coup d'essai.

— C'est vrai, ma jolie, t'en veux du gourdin ? se reprend Dufour.

Jojo s'esclaffe.

— Oh, l'ami Dufour, laisses-en aussi pour mézigue !

Un silence épais comme une brique s'installe entre eux. Dufour se tourne lentement vers son complice.

— Espèce de con !

L'autre comprend trop tard sa bévue, et pâlit. Dufour se tourne vers Sophie-Anne qui s'est figée aussi.

— Je n'ai rien entendu et je ne dirai rien si vous partez tout de suite.

Dufour bout de rage. Ce type est trop con ! Il y a longtemps qu'il aurait dû s'en débarrasser. Il ne sait plus quoi faire. Il ne fait pas du tout confiance à la fille. Il ne fait plus confiance à personne.

Il ôte lentement sa cagoule. Sophie-Anne détourne le regard. Il lui prend le menton et l'oblige à le regarder.

— Désolé, ma gosse, j'ai pas l'choix !

Sophie-Anne a compris qu'elle allait mourir, là, chez elle. Elle se rue sur Dufour qu'elle culbute, roule à terre avec lui, le frappe de toutes ses forces, en oublie l'autre qui s'est ressaisi et qui, affolé, lève son énorme poing clouté de phalanges d'acier qu'il abat sur la tempe de la jeune femme qui sent sa tête éclater.

Dans l'immeuble, personne n'a rien entendu.

Au *Café des Amis*, où court un comptoir en faux acajou recouvert de moquette à fleurs, et où la pendule au cadran en fausse nacre marque l'ennui, Walter, assis devant un café qui refroidit, lit le journal.

En première page, à droite de l'édito du rédacteur en chef sur les prochaines élections législatives, un article relate l'odieuse agression dont a été victime à son domicile une habitante de la ville, Sophie-Anne Doucet.

La police pense que la jeune femme a ouvert sans méfiance à ses agresseurs, qui l'ont rouée de coups et laissée pour morte. Transportée à l'hôpital par une amie qui l'a trouvée agonisante, les médecins conservent peu d'espoir. L'enquête a été confiée au commissaire Schwantz.

Comme un trou noir avale la matière, les bruits qui tissent la vie du bistrot s'anéantissent pour Walter. Il vient d'apprendre que Sophie-Anne, la seule personne qui lui avait donné l'envie de revivre, va probablement mourir.

Du poing de ceux qui l'ont lui-même frappé. Il en est tout à coup certain. Il sait, et comme vingt ans plus tôt, est impuissant.

Sophie-Anne, autant que lui, a payé pour son étrangeté. Dans son cerveau glacé d'horreur, le dégoût et la haine prennent la place de la raison.

Devant lui, les dos indifférents des buveurs parlent foot et politique.

Dans la rue résonnent les pas insoucieux de ceux pour qui Sophie-Anne Doucet n'évoque rien, mais aussi l'excitation malsaine de ceux qui l'ont connue.

Il veut revoir la jeune femme. Il pense à Paula. Ils sont au moins deux à avoir mal à en crier.

La surveillante hésite à lui donner le numéro de la chambre.

— Vous êtes de la famille ?

— Je suis son frère.

— Ah bon.

Elle l'accompagne dans un univers où la couleur est absente. Il reste d'abord sur le seuil, effrayé par ce qu'il voit de tuyaux et de machines branchés dans ce corps emmailloté de momie ; par ce silence que ne perce aucun souffle. À gauche du lit et en arrière, le moniteur de veille paraît être la seule chose vivante.

— Ne restez pas longtemps, intime l'infirmière.

Il s'installe sans bruit près du lit. La tête de Sophie-Anne est entièrement bandée et n'apparaissent que les yeux, le nez, et une courte fente pour la bouche.

Il ignore depuis combien de temps il est là, quand la porte s'ouvre devant un homme qui paraît surpris de le trouver.

— Qu'est-ce que vous faites ici ? chuchote-t-il en lui faisant signe de le suivre dans le couloir.

Walter hésite et sort.

— Bonjour, inspecteur Keller.

— L'infirmière m'a dit que Mlle Doucet avait la visite de son frère...

— J'ai menti pour la voir, reconnaît Walter.

Keller est accompagné d'un collègue à qui il balance un bref regard. Qu'est-ce que fait là le notaire ? Il le lui demande.

— J'étais... je suis un ami de Mlle Doucet. Je voulais prendre de ses nouvelles.

— ... Ou voir si on l'avait autant tabassée que vous ?

— Quel rapport ?

— Je vous le demande. Deux agressions violentes dans un coin où un vol de mobylette met une rue en émoi. Précédées d'un meurtre sanguinaire... vous avez une explication logique, maître ?

— C'est vous le policier. Coïncidence.

— Troublante. Qu'est-ce qui vous unit à Mlle Doucet ?

— Rien que ce que je vous ai dit.

— On a retrouvé dans les affaires de la victime deux billets d'avion pour le Mexique, et son passeport. Vous deviez partir ensemble ?

Walter secoue la tête.

— Non.

Le policier le prend par le bras et l'éloigne de la porte.

— Il y a de quoi se poser des questions, non ?

Le second flic reste à distance, les mains enfoncées dans les poches de sa veste. Il est jeune et indécis.

Un médecin apparaît dans le couloir.

— Qui êtes-vous, que faites-vous là ? apostrophe-t-il.

— Inspecteur Keller, répond le flic en exhibant sa carte. On était venu voir la personne blessée, mais on nous a dit qu'elle n'avait pas repris connaissance.

— Effectivement, il n'est pas question de la déranger.

— D'autant moins, achève Keller, que l'officier que voici restera là et empêchera d'entrer toute personne étrangère au service. Va-t-elle s'en sortir ?

— Je ne sais pas. Tout dépend maintenant de sa résistance.

— Nous l'interrogerons dès qu'elle aura retrouvé ses esprits, répond Keller d'un ton hargneux.

— À condition que je vous donne l'autorisation, rétorque le toubib sur le même ton.

Keller comprend et fait rapidement marche arrière.

— Évidemment, docteur, on ne fera rien qui puisse compromettre son rétablissement.

Il fait signe à son adjoint et s'éloigne avec son sourire faux, sans lâcher le bras de Walter.

— Sale affaire, hein ? maugrée-t-il. Vous ne voulez pas nous aider ?

Ils débouchent dans le hall et Keller lui lâche enfin le bras.

— Ce serait volontiers si je pouvais.

— D'après les toubibs, Mlle Doucet a été frappée avec un objet blessant et contondant. En fer, style coup-de-poing américain. Ça vous dit rien ?

— La même bande de voyous qui cherchent à faire du mal...

— C'est ça. Et ils s'attaquent en priorité à des gens enfermés bien tranquillement chez eux, et bien sûr, comme ils sont riches, ils ne volent rien.

Walter ouvre la double porte en verre de l'hôpital et sort sur le parvis.

— Vous n'avez plus rien à me demander ?

— Je vous demanderais bien si vous avez retrouvé la mémoire depuis l'autre fois, et qu'il vous soit revenu quelque chose, quelque chose que ces gens-là auraient dit... peut-être un nom... j'sais pas.

— Vraiment rien, je suis navré.

— Vous savez que... que votre amie risque de mourir ?

— Je sais, répond Walter d'une voix sourde en regardant droit devant lui.

— Bon, bon, bon, c'est pas grave, on finira bien par trouver... on dirait que depuis quelque temps y a la machine qui s'emballe... mais moi je saurai pourquoi.

— Je vous le souhaite, vous gagneriez du galon.

— Surtout de la tranquillité d'esprit. Voyez... j'aime bien comprendre pourquoi les gens se font à moitié tuer sans que personne sache pourquoi. Déjà que l'autre dingue s'est barré sans qu'on ait pu l'alpaguer, les grands chefs commencent à tirer la gueule, voyez...

— Vous allez m'excuser, inspecteur, j'ai du travail, coupe Walter.

— Faites, faites, si j'ai besoin de vous, je vous convoquerai à la maison.

— À votre service.

Il descend rapidement les marches et monte en voiture. Au moment de s'éloigner, il voit dans le rétroviseur le policier qui n'a pas bougé et le regarde partir.

Dans la chambre où se meurt Sophie-Anne, un rayon de soleil, chaud comme le Sud dont elle rêvait, s'infiltre au travers des persiennes et vient lui caresser le front. Le sent-elle ou est-elle déjà plus loin ?

Damien colle son front contre la vitre froide. Un automne venteux, pluvieux et humide, a succédé à l'été torride. Les hirondelles sont parties tôt et les arbres sont piqués de rouille.

Une pluie lancinante comme une migraine s'est installée et n'en démord pas. La grande maison s'est remplie d'ombres et suinte la tristesse.

Damien entend au salon claquer le pas de Walter. De son ami Walter. Il ne l'appelle plus papa depuis qu'il l'a frappé.

Mais, calmé et rassuré, il a retrouvé un grand pan de raison. Désormais, ses idées naissent et se suivent sans s'enchevêtrer. Walter lui a fourni – sans qu'il soupçonne l'acrobatie que ça a demandé – les médicaments qui lui sont nécessaires et qu'il prend très consciencieusement.

Il soupire en entendant le pas lourd et régulier parce qu'il sait la souffrance de son ami, et que cette souffrance lui est insupportable.

Sa folie, qui lui met les nerfs à vif comme le seraient des fils électriques dénudés, lui fait sentir plus vite et plus profondément les sentiments qui l'entourent. Et ce qu'il sent de l'humeur de Walter l'accable.

Son ami reste muet des heures durant à contempler le feu, les jambes allongées devant lui en sirotant un whisky, la tête noyée de la fumée de ses cigarettes qu'il fume les unes derrière les autres.

Il ne mange presque plus et Damien se désole de le voir repousser son assiette à chaque repas.

Sous un faux prétexte, il s'est débarrassé de la femme de ménage, et Damien s'occupe de la maison à sa place.

Le matin, Walter part à l'étude après un bref au revoir, et revient le soir s'installer devant le feu qu'il a appris à Damien à préparer.

Le jeune homme dîne rapidement et monte aussitôt se coucher, conscient de ce que sa présence a d'importun.

Damien voit une voiture s'arrêter devant la maison, et en sortir une silhouette enveloppée d'un imperméable.

Elle pousse la grille qui grince et remonte rapidement l'allée en tenant sa capuche contre les rafales de pluie et de vent. Walter ouvre la porte et s'efface devant la visiteuse.

— Je vous en prie, entrez vite, invite-t-il.

Paula Bentz se secoue pour faire tomber les gouttes de pluie et pénètre dans le salon. Walter lui prend son vêtement et va l'accrocher dans l'entrée.

— Il fait bon chez vous, dit distraitement la visiteuse en allant devant la cheminée où brûle un feu joyeux.

— Merci. Je ne sais pas quoi faire pour donner un peu de chaleur à ce lieu. Je vous en prie, asseyez-vous.

Ils s'installent de part et d'autre de la cheminée. Sur la table qui les sépare sont posés un carafon de cristal et deux gobelets assortis.

— C'est curieux comme le climat paraît parfois s'accorder à nos humeurs, remarque Paula Bentz.

— Comme si nous faisions partie d'un tout, murmure Walter en retour. Je vous sers un whisky ?

— Si vous voulez...

Elle accepte aussi une cigarette que Walter lui allume. De sa chambre, Damien, qui a entrouvert sa porte, n'entend que le bruit du feu.

Walter regarde Paula à la dérobée et pense que son visage est devenu le négatif de l'ancien. Toute chair, toute couleur ont disparu. Les yeux, profondément enfoncés, sont cernés de noir. La bouche est pincée sur un cri contenu.

Ils ne se parlent pas, les yeux rivés sur les flammes, les sens accaparés par le spectacle de leur danse. Une ou deux fois, Walter se lève pour remettre en place une bûche, ou pour tisonner.

— Vous a-t-elle dit quelque chose ? demande Walter à brûle-pourpoint.

— Hier, elle a ouvert les yeux... répond Paula au bout d'un moment. J'ai cru... mais le médecin m'a prévenue qu'elle ne pourra plus jamais parler... ni penser.

S'installe entre eux un désespoir si collant qu'il semble engluer tout ce qui vit.

— ... Mais je n'ai pas besoin qu'elle me dise pour savoir, poursuit Paula.

229

Walter, les yeux fixés au plafond, ne répond pas.

— C'est Bentz père, crache-t-elle. Il a rendu visite à Sophie, juste avant qu'elle ne soit attaquée. Mon Dieu, si j'étais restée ! sanglote-t-elle.

Rien ne s'anime sur le visage de Walter.

— Je ne laisserai pas Sophie vivre dans cet état, achève Paula dans un souffle.

— Je ne les laisserai pas vivre, à cause de ça, murmure Walter.

Il ressert plusieurs fois les verres qu'ils vident sans s'en apercevoir. Dehors, la pluie cingle méchamment les vitres, les enfermant dans un cocon presque bienheureux.

Damien, collé à la porte, guette les paroles. Pourtant, il n'a pas besoin de mots pour sentir la douleur de Walter et de la femme.

Pour lui, tout a une odeur, une couleur et un goût. Il goûte une sensation comme d'autres le font d'un mets, et celle qu'il perçoit ce soir a un goût amer et délétère qui baigne la maison d'une odeur létale.

Damien ne met rien en mots. Ce qu'il ressent est du domaine de l'émotion. Tel un animal brusquement inquiet d'une odeur que porte une saute du vent. Il se sert des sens que la raison normative a supprimés chez les autres.

— Sophie m'a redonné le goût de la vie, dit Paula.

Walter la regarde longuement avant de lâcher.

— Vous savez que je l'ai beaucoup aimée ?

— Elle me l'a dit. Elle souffrait de ne pouvoir vous le rendre. Elle m'a dit aussi que si je n'avais pas existé, elle aurait pu vous aimer.

Les flammes, parfois rabattues par le vent qui s'engouffre dans la cheminée, éclairent par éclats leurs visages tournés vers le passé.

Ils sont ivres, sans que l'alcool en soit la seule cause. La fatigue, le chagrin, le désespoir ont aussi leur part.

— Avant de la rencontrer, dit encore Paula, j'avais pensé à me supprimer.

Bien que ces mots trouvent un certain écho en lui, Walter pense que cette sortie ne lui était pas permise, puisqu'il ne vivait déjà plus.

La pluie et le vent se sont calmés depuis un moment avant qu'ils en prennent conscience. Dans son coin de salon, la comtoise reprend de la voix. La nuit qui les entoure les installe dans son creux.

Walter se lève et, passant derrière Paula, la prend dans ses bras. Il respire ses cheveux et elle se laisse aller contre lui.

Entre eux, se glisse le fantôme d'une femme. Et c'est seulement quand une ligne blafarde griffe l'horizon que le même élan irraisonné les unit.

TROISIÈME PARTIE

Sophie-Anne est morte. D'une embolie foudroyante qui n'a pas permis aux médecins d'intervenir.

« Je n'ai pas eu le temps de vous prévenir », a dit calmement la femme du docteur Bentz qui, à cet instant, était à son chevet. « Son cœur a cessé de battre d'un coup. »

Elle a refusé de partir quand les infirmières ont remonté le drap sur le visage de la morte. Elle lui tenait la main et est demeurée ainsi, longtemps après que l'heure des visites fut passée.

Le médecin, confrère du docteur Bentz, a caché sa surprise. La jeune femme avait le cœur solide et aurait pu rester presque indéfiniment dans cet état de non-vie, non-mort.

Impressionné par le chagrin de la femme de son confrère, bien qu'il ne le comprît pas, il crut bon de dire, pour tenter de la consoler :

— Je ne vois pas ce qui a pu se passer, mais de vous à moi, et ce n'est pas le docteur Bentz qui me contredira, je crois que c'est mieux pour cette malheureuse jeune femme.

Et comme Mme Bentz ne bronchait pas, il demanda :

— Savez-vous si elle avait de la famille ? Pour les funérailles, ajouta-t-il.

— Je m'en occuperai, a répondu brièvement Mme Bentz.

— Vous... vous connaissiez bien... Mlle Doucet ?

Son ton étonné et presque réprobateur a fait relever vivement la tête de Paula.

— Oui, nous nous connaissions bien et nous nous sommes passionnément aimées, a-t-elle répondu en plongeant son regard dans celui du médecin.

— Ah ? Eh bien je... je vais faire le nécessaire pour les formalités de... préparer les papiers pour les pompes funèbres.

Elle ne l'a même pas regardé filer rapporter la nouvelle incroyable qu'il venait d'apprendre.

Le docteur Bentz, prétentieux comme un pou parce qu'il possédait sa propre clinique, donneur de leçons et arrogant même avec ses confrères, avait été fait cocu par une patronne de bordel ! Et si ça se trouvait, pensait-il encore en galopant dans les couloirs, c'était peut-être lui qui l'avait fait tuer !

Paula Bentz jeta un dernier regard sur le parc de sa maison. D'ici deux semaines au plus, une autre famille prendrait sa place. Normal, cette demeure était « familiale ».

Avec ses murs froids où jamais n'avait retenti un vrai mot d'amour, que ce soit du temps de ses parents ou de son propre couple.

236

Elle monta dans sa MG et démarra doucement. Elle sortit rapidement de la ville en direction de Paris. Dans son sac, un nouveau billet d'avion pour le Mexique. Les autres étaient restés avec Sophie-Anne. Elle les lui avait glissés avant qu'ils ne referment le cercueil.

Elles voyageraient ensemble, chacune dans leur monde. Elles visiteraient Mexico et le Yucatan comme c'était prévu. Prendraient des photos sur les marches des pyramides et se baigneraient dans les eaux du golfe. Elles goûteraient la nourriture locale sur les rythmes des mariachis et riraient tous les jours de bonheur.

Paula enfonça la pédale de l'accélérateur. La petite anglaise rugit de rage et fonça sur la nationale bordée de pins qui s'enroulait en virages serrés.

Paula ne voyait plus la route au travers de ses larmes. Elle sentit une présence à ses côtés et tourna la tête. Sophie-Anne était assise et lui souriait.

— Pourquoi pleures-tu, chérie ? lui demanda-t-elle.

— Parce que nous sommes enfin seules et ensemble pour toujours, répondit son amie en lui posant la main sur la cuisse.

Il restait encore trois cent trente kilomètres avant Orly.

Walter pense que la mort de Sophie-Anne est le prolongement des autres. Il pense que sa vie s'est passée à enterrer en lui les êtres qu'il a aimés. À les enfouir au plus profond. Il est gros de ces deuils comme une femme l'est des petits qu'elle porte. Il est fait de ces absences, de ces manques, de ces chagrins.

Il a aimé Sophie-Anne alors qu'il ne pensait jamais plus y parvenir. Et pour ça, il lui en sera éternellement reconnaissant.

De la chambre de Damien lui parvient l'écho des *Variations Goldberg*. Le jeune homme les a écoutées un soir avec lui, et depuis, ne cesse de les passer. Les aime-t-il ou pense-t-il plaire à son ami ?

Il se verse un plein verre de scotch qu'il boit en deux longues gorgées. L'alcool le fait frissonner, mais le réchauffe. Il regarde vers l'escalier et entreprend de le monter.

Damien, assis près de l'électrophone, l'air grave, lui sourit en l'apercevant. Mais son sourire s'efface dès qu'il renifle son désarroi.

— Que... que... se passe-t-il ? demande-t-il, alarmé, en se dressant.

Walter ne répond pas et va vers la fenêtre. La nuit de ce 7 novembre est tombée tôt. Mais quelle importance cela peut-il avoir ? Que le jour se lève ou que le jour finisse, il ne dévore que du temps. La même tenture détrempée engloutit depuis des semaines le paysage gorgé d'eau.

Il revient et regarde longuement son pensionnaire qui baisse la tête comme un enfant pris en faute, ou qui voudrait se faire oublier.

— Damien, commence Walter en allumant une cigarette qu'il inhale au tréfonds de ses poumons, les yeux au plafond, Damien, nous allons nous quitter.

Le jeune homme tressaille à peine. Il a tellement craint ce moment qu'à présent qu'il est arrivé, c'est comme s'il l'avait cent fois vécu.

— Pourquoi ? demande-t-il quand même d'une voix assourdie, pourquoi ?

— Parce que je vais partir. Mais avant je dois... je dois faire des choses... des choses qui te mettront en danger.

— Pourquoi, Walter ? redemande-t-il d'un ton éperdu.

Il ne comprend pas comment ce que va faire son ami peut le mettre en danger. Et d'ailleurs, en danger de quoi ?

— Ce serait trop difficile à t'expliquer. Je vais être obligé de me cacher, de fuir comme tu l'as fait. Mais moi, c'est peu probable que quelqu'un m'aide.

— M'aide ?

— Me… donne un coup de main… me donne à manger, un lit… tu vois.

— Mais tu n'as pas besoin, tu as une maison…

— Une maison… Ça ne s'emporte pas sur ses épaules. Je vais quitter cette ville, tu comprends ?

— Oui, je pars avec toi !

— Non.

— Pourquoi ? pleurniche le fou qui sent monter une panique qu'il ne contrôle plus.

— Parce que tu m'embarrasses, tu comprends ça ? jette Walter d'une voix rageuse. Je ne vais pas te consacrer le reste de mes jours ! J'ai ma vie, nom de Dieu ! Tu crois que j'en ai pas encore assez fait pour toi ?

— Garde-moi, Walter ! hurle le jeune homme, dont le visage crispé se couvre de larmes.

— Fous-moi la paix ! Tu vois pas que j'en ai marre ? Tu crois que c'est pour toi que je t'ai recueilli ? Pauvre abruti ! C'est parce que ça m'a amusé de les faire cavaler, tous ces pantins ! De les voir crever de trouille à te chercher ! À trembler, comme moi j'ai tremblé quand je t'ai ramassé sur la route. Si j'avais su que c'était toi, je t'aurais passé dessus avec la voiture ! Après… après je t'ai gardé pour les voir courir. Belle revanche sur ces salauds qui ont laissé partir les miens en fumée !

Damien a collé ses mains sur ses oreilles pour ne plus entendre. Chaque mot le transperce. Son intelligence assoupie s'est réveillée au mauvais moment. Il grogne de douleur, se secoue comme un animal blessé, se cogne contre les murs, précipite à terre table et chaise.

Walter s'enfuit pour ne plus entendre ces rugissements inhumains. Il dégringole l'escalier, suivi par Damien qui le dépasse et se jette dehors en arrachant à moitié la porte.

Il court en glissant dans la boue, ouvre la grille et disparaît dans la nuit.

Dans le deux-pièces malpropre qui lui sert de logis, P'tit Louis rallume sa maïs et lampe une gorgée de bière éventée. Jojo, assis de l'autre côté de la table, suit chacun de ses gestes.

Les deux hommes ont peur. La mort de la fille a changé leur paysage. P'tit Louis s'est renseigné sur le nom qu'elle a lâché. C'était bien celui de leur employeur qui ne les a jamais rappelés.

D'après ce qu'on dit, c'est un mec à tu et à toi avec les huiles. C'est sûrement pas lui qui portera le gadin s'il y a enquête. Il se défaussera sur eux. Ils sont restés une demi-plombe à retapisser l'immeuble. Ce serait vraiment un coup de bol que personne ne les ait reluqués ! Et avec leur pedigree, les cognes ne tarderont pas à remonter jusqu'à eux.

— Qu'est-ce qu'on fait ? demande Jojo pour la centième fois.

Il pue tellement l'éther que P'tit Louis se met en rogne.

— Qu'est-ce qu'on fait, qu'est ce qu'on fait ? singe-t-il. Putain, c'que j'en sais c'qu'on fait ! Et arrête de biberonner ta saleté ! T'as déjà pas grand-chose dans la calebasse, t'es en train de te nettoyer complet avec c'te merde !

Jojo, qui pense que son vice est ignoré, prend un air offusqué.

— J'biberonne que dalle !

— Tu m'prends pour une bille ! Tu coinces comme un hôpital !

Jojo se renfrogne et surveille P'tit Louis. Son copain a une sale réputation. Au commando, c'était lui qu'on prenait pour les coups les plus tocards. « P'tit Louis, toujours prêt qu'y disaient ! »

Putain, les niakoués et les crouilles, il leur en a fait voir ! Ils avaient craché le morceau qu'il continuait à les astiquer !

— C'que chais c'qu'on fait ! continue à grogner P'tit Louis. On va les mettre, oui ! Et aujourd'hui avant d'main !

— Et… notre pognon ? hasarde Jojo.

— Notre pognon ? On peut s'le carrer !

Ça lui plaît pas plus qu'à l'autre drogué, cette histoire de pognon. Mais entre une plaque et la peau, y a pas photo !

Jojo le regarde penser. P'tit Louis, quand y pense, y crache du tabac. Même quand y en a pas. Et là, y crache dur.

— Bon, j'vais voir c'qu'on peut faire, lâche-t-il enfin. En attendant de jouer rip, faut s'planquer ! J'veux pas te voir à traîner ici ou là ! Tu restes dans ta piaule et tu attends que j'te fasse signe. J'vais aller rendre visite au vieux.

— Ça risque pas ?

— Bien sûr qu'ça risque ! Alors quoi ? Tu crois qu'il va nous faire un mandat si j'le s'coue pas un peu ?

— Tu veux qu'j't'aide ?

— Pas b'soin ! Planque-toi, c'est tout !

Ce que Jojo ignore, c'est que même si son pote peut ramener un peu d'oseille, il n'a pas l'intention de lui en faire profiter. C'est quand même cet abruti qui l'a repassée, la gonzesse ! Avec sa paluche de tueur ! Lui, il s'apprêtait simplement à la faire reluire !

— Si j'vais pas avec toi, tente encore Jojo, j'peux pt-êt' rester ici…,

Mais au regard que lui chanstique son pote, il comprend que son projet est sans espoir.

Dans sa voiture transformée en aquarium par la condensation, Walter surveille depuis un long moment la maison du vieux Bentz.

La propriété achetée juste après la guerre – avec quel argent ? – est muette, aveugle, cadenassée. Les ceps nus, noirs, tordus, ressemblent aux bras d'une armée de morts qui s'étendrait en larges vagues jusqu'au bas de la colline. La terre, lourde, gorgée d'eau, n'est que fondrières, mais la maison offre un front solidement têtu à la rage des éléments.

Walter sait pourquoi il est là. Damien n'a pas reparu et il s'en veut mortellement du mal qu'il lui a fait.

Il l'a cherché deux jours entiers, ne rentrant que la nuit, mais le dément est resté invisible. Il espère qu'il a trouvé refuge dans un abri isolé, grange, ferme abandonnée, ou qu'il a peut-être réussi à passer la frontière, comme il le lui avait souvent suggéré.

Walter veut la mort de Bentz. L'idée, flottante jusqu'à un passé récent, s'est imposée naturellement après celle de Sophie-Anne. Pour les siens, morts depuis longtemps, il souhaitait justice. La mort de Sophie, il veut la venger.

Il ignore comment. Il n'a jamais eu d'arme, et l'idée de porter la main sur ce vieux le révulse.

Soudain, un bruit de moteur s'ajoute à celui de la tempête. Il descend son carreau et voit arriver une Chambord deux tons qui brinquebale sur le sentier. Là où il est, l'arrivant ne peut le remarquer.

La voiture s'arrête devant la grille de la propriété et pendant un long moment, personne n'en sort. Puis, en luttant contre le vent, un homme ouvre la porte et court vers la grille qu'il secoue jusqu'à ce qu'elle cède.

Walter n'a pas reconnu le visiteur.

Bentz, les yeux écarquillés de surprise, regarde Dufour se dresser sur le seuil.

— Qu'est-ce que vous faites là, qui êtes-vous ?

Dufour, en balançant les épaules comme dans les films qu'il adore, entre et referme la porte derrière lui.

— Ah, vous m'remettez pas, m'sieur ?

Bentz observe un moment l'intrus avant de le reconnaître. Tout s'est passé si vite lors de leur rencontre. Avec pour Bentz un chapeau profondément enfoncé sur les yeux et une enveloppe qu'il lui a glissée avec l'argent, le nom et l'adresse.

— Je vous reconnais, lâche-t-il, glacial.

Dufour ricane, tire une chaise et s'assoit avec une insolence étudiée.

— Je ne vous ai pas dit de vous asseoir, proteste Bentz.

— J'sais bien. Mais j'suis fatigué.

Il regarde autour de lui.

— C'est chouette chez vous. Ça rapporte, le pinard, on dirait.

— Qu'est-ce que vous voulez ?

— Mon pognon, répond Dufour avec un sourire cruel. Et même un peu plus.

— Je vais vous donner ce que je vous dois, consent Bentz, et vous foutez le camp !

Dufour ne répond pas. Une idée vient de germer dans sa tête. Il se lève et fait le tour de la pièce, soulevant un objet ou un autre.

— Y a d'la came ici, hein ? Feriez le bonheur d'un broc'.

— Je vous interdis de toucher ! tonne Bentz.

Dufour le regarde de côté et laisse fuser un rire entre ses dents.

— Pourquoi, tu me donneras une fessée ?

— Restez ici, je vais chercher votre argent. Après, vous foutrez le camp ! Vous avez fait assez de conneries comme ça !

— Dis donc mon pote, c'est quand même toi qu'a magouillé le coup... l'accident, ça fait partie des risques du métier. T'avais pas dit que cette gonzesse c'était une tordue... C'est dans la bagarre que ça s'est passé...

— Je veux pas le savoir, vous avez salopé le boulot et agi comme deux connards ! Je devrais même pas vous payer !

Dufour ricane bruyamment. Il soulève en l'examinant une statue en bois polychrome représentant une vierge à l'enfant.

— Dis donc, ça viendrait pas d'une église ça ? J'y connais pas grand-chose, mais ça me paraît pas tout jeune...

— Reposez ça tout de suite ! vocifère Bentz, en venant vers lui dans l'intention de la lui enlever.

— Pourquoi ? Ça vaut du pognon ? demande Dufour en la mettant hors de sa portée.

— Ça... Ça... c'est sentimental.

— Tu parles, Charles ! T'es bien le genre à avoir du sentiment !

Il la repose sur le guéridon.

— Alors c't'oseille ?

— Je vais le chercher, dit Bentz qui hésite à laisser son visiteur seul dans la pièce.

Sa Vierge XVIIe n'est pas orpheline dans le salon. D'autres objets de valeur sont posés çà et là sur les meubles. Il y a longtemps qu'il connaît tous les fouineurs de la région. C'est comme ça que son goût s'est affiné au long des années. Quand il traite à sa table un grossium des affaires ou de la politique, sa vanité est agréablement chatouillée de leurs compliments. Mais s'il sait qu'ici il est un notable, à Paris il ne sera rien d'autre qu'un paysan arriviste et on le jugera sur ce qu'il présentera.

— Vas-y mon pote, j't'attends.

— Je vous demanderai de pas me tutoyer. Nous n'avons rien en commun !

— Comme tu veux, mon pote, ricane lourdement Dufour. Quoique, quand tu dis qu'on a rien en commun, tu t'goures un peu. On a quand même un cadavre !

— Fermez-la ! Je vous interdis ! Je ne vous donnerai de l'argent que si je suis sûr que vous quittiez la région définitivement !

— Mais bien sûr, qu'on va se tailler ! Qu'est-ce que vous croyez mon bon monsieur, qu'on va moisir ici, au risque de se faire alpaguer par la poulaille ?

Bentz, pas convaincu, ne répond pas. Une idée vient à son tour de le frapper.

— Je vous donne dix mille francs de plus que ce que je vous dois, mais en échange vous faites une lettre, dans laquelle vous reconnaissez avoir tué Sophie-Anne Doucet par accident au cours d'une altercation.

Dufour s'assoit dans le canapé qui fait face à la cheminée. Il regarde Bentz en se mordant les lèvres, fait mine de réfléchir. Il sort une gitane maïs et la glisse entre ses lèvres.

Gonflé, le vieux ! C'était exactement ce qu'il s'apprêtait à exiger. Il fait autant confiance à ce genre de mec qu'à un serpent à sonnette. Avec ses relations, il peut faire la pluie et le beau temps. Et qui mettra en balance la parole d'un voyou et d'un notable ? Pas les condés, en tout cas !

— Allez toujours chercher le blé, on va voir.

— Non, je veux une réponse maintenant.

Dufour prend son temps pour allumer sa maïs.

— Écoute, mon pote, commence-t-il, j'crois pas qu't'es en position de marchander. Paye-moi, et on s'casse ! On a rien à foutre ici, mon pote et moi. Seulement, les déménagements ça coûte cher, alors va falloir raquer sec, mon pote.

— Je ne suis pas votre pote et je ne payerai que ce que j'ai dit ! tonne Bentz, qui sent revenir son caractère hargneux.

Il n'a plus peur du voyou. Il a compris que c'est un minable. Un paumé, une cloche intégrale ! Tuer cette fille alors qu'il devait juste la bousculer pour lui faire peur. Espèce de connard ! La tuer pour se défendre ! Des anciens d'Indo et d'Algérie ! Ah, c'est pas étonnant que les Français se soient fait mettre partout ! Pas foutus de se défendre à deux contre une gonzesse !

— Et je veux cette lettre, ajoute-t-il.

Dufour rallume sa cigarette avec patience. C'est d'ailleurs pour s'entraîner à la patience qu'il fume ces saloperies. Mais il est en train de la perdre, sa fameuse patience.

Il regarde Bentz en clignant des yeux à cause de la fumée. Le vieux con est dressé comme un coq et semble pas vraiment disposé à casquer. Remarque, se dit-il, il y a ce qu'il faut dans la tôle pour se payer. Mais faut pas que l'autre taré exige la lettre avant de lui refiler l'pognon. Ben merde, alors ! il peut se fouiller !

Il n'en revient pas, Dufour, d'un tel culot. Y se touche, le mec, s'il imagine qu'il va signer sa confession pour l'envoyer direct à la Grande Trancheuse !

Il se lève en soupirant et se rapproche jusqu'à lui toucher le bréchet du sien.

— Tu rêves, mon pote, si tu crois que je vais t'écrire une bafouille... Allonge l'oseille, qu'on en finisse !

C'est pas l'oseille, que Bentz allonge, mais une gifle, partie de l'épaule !

Dufour, sonné, le regarde incrédule puis, rugissant de rage, se rue sur lui sans se rendre compte qu'il a attrapé au passage un gros cendrier en terre cuite qu'il lui écrase sur le crâne.

Bentz s'effondre, la tête en sang.

— Merde, merde, merde ! halète Dufour en contemplant, horrifié, le corps inerte.

Hagard, il regarde autour de lui. Remarque la fameuse Vierge, attrape une autre statuette qui lui semble avoir de la valeur, tourne sur lui-même, regarde encore Bentz immobile, allongé dans son sang au milieu de la pièce, se rue sur la porte et cavale vers sa voiture.

Par chance, y a pas un pékin à l'horizon. Il met en marche, embraye et fonce sur la route.

Walter a regardé l'inconnu démarrer en trombe.

Il jette un œil vers la maison où rien ne bouge et pressent le drame. La route s'étend, déserte, fouet-tée par la pluie et le vent qui soulève les feuilles détrempées par paquets.

Il se décide, remonte son col et court vers la porte. Il tourne la poignée qui cède, glisse un œil par l'entrebâillement.

— Bentz ?

Son appel résonne dans le silence. Il n'a pas besoin d'avancer davantage pour apercevoir le corps allongé à terre sans connaissance.

— Merde !

Il se précipite, s'agenouille, le retourne. Une large plaie d'où s'écoule le sang s'ouvre au milieu du crâne. Il lui soulève légèrement la tête. Le vieux a les yeux vides.

— Bentz, vous m'entendez ?

Pour toute réponse, un souffle rauque sort de sa gorge.

Walter regarde autour de lui. Un fauteuil ren-versé, un vase, des morceaux de céramique tachés de sang, sinon la pièce est en ordre.

252

La lutte a dû être de courte durée. Ce type, sûrement, qui s'est enfui. Ce type dont la silhouette ne lui est pas étrangère. Le même qui l'a tabassé. Le même qui a tabassé Sophie-Anne. Dans ce coin, il ne doit pas y avoir beaucoup de voyous dans son genre.

Bentz geint plus fort. Leurs yeux se croisent sans que dans ceux de Bentz passe une lueur d'intelligence.

Revient à Walter le dicton chinois : « Pose-toi sur le bord du fleuve et tu verras un jour passer le cadavre de ton ennemi. »

Sauf que Bentz n'est pas mort.

Il avise le téléphone, se relève vivement, décroche, compose le numéro de la gendarmerie.

— Gendarmerie de Fresiburg, répond la voix.

— Il y a un homme blessé, dit Walter.

— Un homme blessé, où ?

— Pierre Bentz, chemin des Varennes, Montebourg.

— Blessé comment ? Qui parle ?

— Assommé. Plaie au cuir chevelu.

Il raccroche et regarde, dégoûté, le vieillard.

Il n'aura même pas été fichu de le laisser crever.

Le tout n'a pas duré cinq minutes et Walter revient en courant vers sa voiture.

Il fonce derrière la Chambord qui a repris la route de la ville. Les essuie-glaces se noient dans la pluie qui tombe à seaux sur le pare-brise, mais Walter veut rattraper l'homme et prend tous les risques. Par chance, il ne croise aucune voiture, et à l'entrée de la ville repère celle du voyou.

La Chambord a tourné dans les faubourgs et longe des barres de HLM pouilleuses aux façades dégradées.

Au bout d'un moment, elle s'arrête devant l'une d'elles, et Dufour sort précipitamment. Walter s'arrête de l'autre côté du trottoir, contre les grilles d'une voie ferrée.

Peu après, derrière une fenêtre sans rideau du troisième étage, il le voit passer et repasser.

Il sort et va consulter les noms dans le couloir de l'immeuble. Quatre portes au troisième. Le seul nom de consonance française est celui de Dufour.

Walter remonte en voiture et allume une cigarette. Il ignore ce qu'il attend. Il ne veut même pas y penser, sauf que la haine qu'il éprouve pour cet homme ne l'a pas quitté. Il repense à Sophie-Anne sur son lit de douleur, la tête enveloppée comme celle d'une momie ; ses mains cireuses allongées sur le drap et les tuyaux inutiles qui la perçaient de partout.

Les rares passants qui s'aventurent dans cette tempête ne remarquent pas l'homme qui attend. La nuit poussée par la pluie tombe tôt. Walter aperçoit de la lumière à la fenêtre du troisième.

Il consulte sa montre. Ça fait trois heures qu'il est là et il ne s'en est pas rendu compte. De l'autre côté, sur un espace pelé, jouent des gosses du quartier que le ciel en charpie n'arrête pas. Un train passe à petite vitesse en envoyant des nuages de fumée blanche.

La nuit qui tombe définitivement renvoie les gosses chez eux, et le quartier s'enveloppe dans un abandon et une tristesse sans appel.

Au troisième, la lumière s'est éteinte. Derrière son volant, Walter se crispe.

Dufour apparaît sur le seuil de l'immeuble, va vers la Chambord dont il vérifie les portes, et s'engage entre les allées des immeubles. Walter est surpris. Pourquoi l'homme ne prend-il pas sa voiture ?

Il démarre et s'engage tous feux éteints à sa suite. Le voyou marche d'une allure pressée et furtive ; rase les murs, trébuche dans des flaques, progresse le front têtu.

Les immeubles forment un labyrinthe de coursives qui paraissent familières au fuyard qui, à un moment, se retourne et aperçoit la Matford qui roule à distance derrière lui.

« C'est qui ce con qui roule sans feux ? » pense-t-il avec un pincement de peur.

Il ne peut apercevoir le conducteur derrière la vitre embuée.

Il presse le pas, ressent la menace de cette masse luisante qui fend les gerbes d'eau comme un vaisseau fantôme.

Il s'affole, se met à courir. Perd le sens de l'orientation, se jette dans une ruelle qui s'ouvre entre des murs nus.

Il ne reconnaît pas le coin. Accélère ; son souffle se précipite, ses jambes s'alourdissent. Et toujours, derrière lui, cette inquiétante présence qui se rapproche. Le sang cogne dans ses artères, un point de côté le plie en deux, il ralentit et soudain se retrouve face à un mur aveugle.

Il fait volte-face, les poings serrés.

La voiture s'arrête à moins de cinq mètres de lui. Il ne voit toujours pas qui est au volant. Le moteur

255

ronronne, et soudain il est cloué au mur par le double faisceau des phares. Il lève les bras devant les yeux pour se protéger, et hurle :

— Qu'est-ce que vous voulez ? Qui êtes-vous ?

Le bruit du moteur enfle au point de ressembler au grondement d'un molosse.

— Nom de Dieu, qu'est-ce que vous voulez ?

Il a peur comme au temps du Djebel. Comme dans la jungle indochinoise, quand l'ennemi invisible les cernait.

Les essuie-glaces de la voiture dévoilent peu à peu l'identité de l'homme.

Dufour écarquille les yeux, aveuglé par les phares. Pétrifié, il voit la voiture se remettre lentement en marche et s'arrêter à moins d'un mètre. Les phares s'éteignent. Le temps d'habituer sa vue, il reconnaît le chauffeur.

— Non, grogne-t-il, non…

Mais l'autre sans doute ne l'entend pas, car la voiture se remet lentement à rouler. Son capot, puissant comme un mufle, coince Dufour contre le mur.

Il hoquette de douleur et de terreur quand le métal chaud lui écrase les cuisses et qu'il tente vainement, de ses bras tendus, de le repousser. Ses larmes se mêlent à ses cris tandis que la voiture le presse toujours plus et qu'il sent ses os se briser.

Puis la voiture recule. Dufour tombe à genoux dans la boue, secoué de sanglots. Il lève son visage ravagé vers ce moderne Léviathan.

Elle ne bouge plus. Il entend une vitesse s'enclencher et, éperdu d'espoir, la voit reculer. Elle s'arrête.

Elle va revenir, il le sent. Il se recroqueville de terreur, escargot baveux contre le mur, et ramène ses jambes martyrisées dans une protection dérisoire.

Mais la voiture recule brusquement, braque au carrefour et disparaît dans un rugissement.

Les cheveux détrempés de P'tit Louis sont devenus tout blancs.

Walter, hébété, est rentré chez lui. Chez lui. Ces mots ne signifient rien tant la maison lui semble hostile, étrangère.

Il allume dans le salon et se laisse tomber dans son fauteuil. La cheminée froide est grise des cendres négligées. La maison suinte la déréliction.

Il allume une cigarette, les yeux perdus, écrasé de solitude.

Paula Bentz est partie. Elle lui a téléphoné juste avant.

— Je m'en vais, Walter, ou plutôt, je fuis. Je hais ce lieu et n'y reviendrai jamais. Faites pareil, ou ils vous auront comme ils ont eu Sophie, comme ils m'ont eue. Ils ne me font pas peur, mais je ne veux pas leur donner satisfaction.

— Ils ne m'auront pas, a murmuré Walter.

— Vous ne les connaissez pas. Tous sont au courant, tous savent qui sont les meurtriers de Sophie, mais ils ne diront rien. Cette ville est semblable aux Gorgones. Vous ne devez pas la regarder au fond des yeux.

— Au revoir Paula… vivez pour vous souvenir, vivez pour garder en vous l'image et l'amour de Sophie. Ainsi, ils ne l'auront pas tuée tout à fait.

Il se lève, parce qu'il s'est aperçu qu'il était assoiffé, et se souvient qu'il n'a rien mangé ni bu depuis la veille.

Il va dans la cuisine boire à même le robinet. Soudain, il sursaute. Derrière la vitre, Damien le fixe.

La surprise passée, Walter lui fait vivement signe de rentrer. Il lui ouvre la porte et Damien la franchit, la mine penaude.

— Tu es revenu, dit Walter en le pressant contre lui. Je suis content.

Damien le regarde et ses yeux sont brouillés de larmes.

— Je t'ai suivi, explique-t-il. Toute la journée.

— Hein ? Qu'est-ce que tu racontes ? Je viens de rentrer.

— J'étais dans le coffre.

Walter sent ses veines se vider.

— Qu'est-ce qui t'a pris ? La police te cherche partout.

— Ils n'auraient pas fouillé la voiture du notaire.

— Tu… tu m'as suivi… tu as vu ?

— J'ai entendu.

— Tu as mangé ?

— Je n'ai pas faim.

— Pourquoi es-tu revenu ?

— Pour t'aider à te venger.

Walter secoue la tête en soupirant et le prend par le bras.

— Laisse tomber, je vais partir. Tu es libre, Damien.

— Ils t'ont fait du mal.

— C'est mon affaire. Je n'ai pas besoin que tu m'aides.

— Tu sais bien que si. Tu ne peux pas tuer.

— Tant mieux. Et comment le sais-tu ?

— Tes yeux.

— Quoi, mes yeux ?

— À l'asile, ailleurs, j'ai connu des tueurs. Les hommes qui m'ont fait du mal et que j'ai tués. Ils avaient les yeux.

— Je ne comprends pas.

— Des yeux... des yeux transparents, sans regard. Des yeux qui ne te voient pas.

— Bon, fiche-moi la paix. Je vais te faire à manger.

— Tu vas les laisser vivre ?

— Qui ?

— Ceux qui ont tué tes parents et ta femme.

Walter le fixe, ahuri. Qu'a compris Damien ? Il ne lui a jamais parlé de rien.

— Celui qui... a tué Sophie... commence-t-il.

— Tu as appelé des secours, le coupe Damien. Il est toujours vivant.

— Bon, je vois que je n'ai rien à te raconter. Damien, je ne suis pas comme eux.

— Alors c'est moi qui m'en chargerai.

— Damien !

Walter l'a attrapé et le secoue. Mais le jeune homme se dégage.

— Ne te fâche pas, je t'aime et je suis ton ami.

— Si tu m'aimes, ne te mêle pas de ça. Tout à l'heure, je te ferai passer la frontière. Nous irons en Suisse. Là-bas, je connais des gens qui t'héberge-ront. Tu ne devras jamais rien dire de ce que tu as fait. Tu devras prendre tes médicaments très sérieusement. Tu ne devras jamais plus faire de mal à personne. Tu me comprends ?

Damien le regarde sans répondre. Walter se demande comment lui sont revenues cette intelligence et cette lucidité. Impossible que ce soient seulement les médicaments. Plutôt ce pan d'amour et de confiance qu'il a connu avec lui.

— Ils me retrouveront, lâche Damien d'un ton indifférent.

— Pas là-bas. Dès que ça se tassera, je t'emmènerai plus loin.

Damien sourit, et ce sourire semble à Walter le plus doux qu'il ait vu depuis longtemps.

— D'accord, après que j'ai retrouvé tes assassins, dit le jeune homme.

Et ses yeux se troublent un peu.

— Ils ne t'ont rien fait, à toi.

— Toi et moi, c'est pareil, Walter. À part ma mère, tu es le seul à m'avoir aimé. En ce moment je suis bien, je sens ma raison vivre, mais je connais aussi mes démons. J'ai tué des hommes qui non seulement ne m'avaient pas fait de mal, mais étaient bons. Je les ai tués parce que dans ma tête arrivent des images, des choses. Ça ressemble à une bouillie et j'ai tellement mal à ce moment-là… tellement, que je voudrais mourir. Et eux ils ne savent pas, alors je les tue.

— On te fera soigner. Crois-moi, la médecine a fait de grands progrès. Il te faut seulement une vie calme et équilibrée. Je sais pourquoi tu as tué la première fois. Après, ça a été l'engrenage. Il y a vingt-cinq ans, on se serait servi de toi et tu serais devenu un héros. Ceux qui ont brûlé ma petite sœur, ma mère et mon père, on disait que c'étaient des gens normaux.

Damien s'assoit devant la table de la cuisine et se prend la tête entre les mains. Sa voix fuse sourdement entre ses doigts.

— Un jour ou l'autre, ils me prendront et me mettront dans un asile. Il y aura tout autour des barrières de métal barbelé. Des sirènes partout qui hurleront à la mort. On me jettera attaché dans une cellule sans fenêtre. Je ne connaîtrai plus rien du temps qui passe, en dehors des repas, des douches hebdomadaires, des changements de gardiens, des électrochocs. Mon cerveau sera rempli de pilules, de gélules, de gouttes. Quand ils le décideront, ils me traîneront en hydrothérapie où l'on me noiera sous un jet tellement fort que je croirai mourir. Et le temps s'arrêtera. Je ne veux pas, mon ami. Je ne veux pas de cette vie.

Walter se laisse tomber sur la chaise voisine de celle de Damien qui n'a pas relevé la tête. Il lui caresse les cheveux qui sont soyeux sous ses doigts.

Où est Dieu dans cet univers ? Dans la raison dévastée de Damien ? Dans celle des hommes qui ont tué les siens ? Dans la sienne propre, tout habitée de haine ? Ou seulement chez ceux qui savent pardonner ?

Mais pour pardonner, il faut qu'on vous demande pardon.

Saurmann est un jouisseur. Il aime se comparer aux Romains de l'Empire décadent. Il se verrait bien, allongé sur un sofa, se faire vomir pour continuer de manger, tandis qu'une belle esclave le caresserait.

Il aime la vie ainsi. Il aime surtout posséder. Tout. Sa femme, qu'il méprise mais doit être toute à lui. Sa fille, stupide et moche, qui devra apporter dans sa corbeille de mariage ce qui fait encore défaut à l'entreprise. Ses gens, qu'il exige dévoués, et qu'il rend serviles.

Il ne veut pas qu'on l'aime, mais qu'on le craigne et l'admire.

Derrière son bureau, accroché au mur, trône le portrait en buste de son père. Il rêve de l'arracher sans encore l'oser. Le jour où le sien le remplacera, il aura gagné.

La nuit autour est silencieuse. Seul vient la troubler le ronronnement rassurant des machines de la salle de découpe qui ne s'arrêtent jamais. Trop compliqué et trop coûteux à faire repartir.

Saurmann revient du bordel. Celui que tenait celle qui a rendu veuve Mme Bentz. Il adore cette formule qu'il a trouvée. Et pourquoi une femme ne serait-elle pas la veuve d'une autre femme ? Il a les idées larges.

Un rire silencieux le secoue. Il s'étire, repense aux caresses savantes de Greta, l'Allemande. Qu'il exige habillée d'un faux uniforme SS réduit à une vareuse échancrée sur des bas de soie noire, coiffée de la casquette à tête de mort, chaussée de bottes brillantes à hauts talons.

Il réclame la morsure de son fouet, le martèlement douloureux de ses talons, ses injures, ses ordres. Il en redemande pour aller au bout de son plaisir.

Une Marocaine, pas jeune mais d'expérience, a remplacé Sophie-Anne. L'esthétique y perd mais les hommes y gagnent, car elle sait s'y prendre avec les filles.

Il se sert un verre de cognac qu'il sirote lentement. Demain, il a rendez-vous à la fois avec le député et Bentz père. Il a l'intention de leur mettre les points sur les i. Son fric, contre leurs appuis politiques. Il guigne le marché de l'armée. Bien que nombreux sur les rangs, c'est une question d'enveloppe. Leur région est une pépinière de bouches à nourrir, les casernes y ont de tout temps poussé. Ne pas oublier qu'on est sur les marches de l'Est.

Une subvention d'État lui permettrait d'agrandir son usine, d'acheter les mêmes grosses machines que les abattoirs de Chicago. Un bœuf à un bout, des saucisses à l'autre.

Il regarde l'heure. Minuit dix. C'est l'heure de rejoindre ses pénates. Il quitte son bureau en pensant à Chicago et aux belles machines.

Il ferme avec économie les lumières inutiles et prend l'escalier qui conduit au sous-sol, non sans avoir vérifié par la fenêtre de son bureau que le gardien de nuit est à son poste. À cette heure, seul l'atelier d'emboîtage fonctionne à l'autre bout de l'usine.

Tout en descendant, il pense qu'il changera le logo de sa firme dès qu'il aura récupéré les machines d'inox et d'acier. Des McCormick, d'après les catalogues que lui a fournis le représentant. Il verrait bien une tête de taureau. Ou de buffle. Enfin, quelque chose de puissant et de viril. Ça plaira aux femmes, et ce sont elles qui font les achats.

Il débouche dans la grande salle de découpe qui sent tellement le sang et les tripes que les employés font des crises de foie à répétition. Pourtant, il est exigeant sur l'hygiène. N'ont qu'à se soigner ou faire autre chose.

Il passe au milieu des tapis qui transportent les morceaux de viande jusqu'aux cuves où tournent des lames qui les lacèrent, après que les os ont été sciés.

Il monte sur une passerelle vérifier que les cuves qui tournent au ralenti sont bien arrosées d'eau amoniaquée dans leur fond pour les nettoyer et empêcher l'échauffement du métal. Il redescend, caresse une découpeuse à scie circulaire de la manière dont on flatte la croupe d'un animal.

Il est ici dans son royaume. Quand son père est mort brutalement, son chagrin s'est vite dilué dans la sensation de son nouveau pouvoir.

Sa mère, créature falote, s'est éteinte peu après, le laissant seul héritier de l'une des plus importantes usines de transformation animale.

Dix ans plus tard, les boîtes Saurmann s'alignaient dans les rayons et rivalisaient en tête de gondole avec des marques internationales. Dix ans pour hisser une entreprise locale au rang européen.

Il se souvenait des disputes avec son père qui refusait d'emprunter pour moderniser. Un type borné et sans imagination. Un dinosaure qui aurait conduit la firme à la faillite.

« Qui n'avance pas, recule. *Times is money !* »

Il s'arrête au milieu de la salle et n'est pas loin de se prendre pour le Napoléon de la rillette. Il en a la taille et la corpulence. Il ne reste plus qu'à conquérir l'Europe.

Il jette un œil aux caméras installées dans les coins de la salle. Cette modernisation a failli déclencher une nouvelle grève, et il a fallu arroser le principal délégué syndical pour que la colère se calme.

Les employés y ont vu là une intrusion insupportable sur leurs lieux de travail. Les bandes étaient changées tous les jours et regardées en fin de semaine. Le délégué CGT les avait rassurés en invoquant la sécurité.

« L'œil de Moscou », avaient maugréé certains. « Amorties en deux ou trois ans », avait souligné l'installateur. Personne ne pouvait plus tirer au flanc.

Saurmann se flatte de savoir s'y prendre. Par exemple, sa nouvelle secrétaire, une môme de seize ans, incapable d'écrire une ligne sans faire trois fautes d'orthographe, mais dont le sexe à l'odeur sucrée et la bouche gourmande le rendent fou.

Ah la garce ! Pas une caresse qui n'ait son prix ! Pas une faveur gratuite ! Mais il a viré sans état d'âme l'ancienne qui était là depuis vingt ans, avait le nez rouge et trois gosses qui lui prenaient la tête.

Qu'est-ce qu'il en a à foutre, des fautes d'orthographe ? Personne l'a jamais sucé comme ça !

Son œil est soudain attiré par quelque chose sur le tapis roulant. Il s'y dirige, anticipant déjà sa colère pour cette négligence.

La nuit, les cuves s'auto-nettoient, la ronde ne reprend qu'à sept heures, avec les blocs de graisse liant les bas morceaux qui deviendront des pâtés, des saucisses, des saucissons. Mais tout est dans l'accommodement. Une recette transmise par son père, mais améliorée depuis par les divers adjuvants modernes.

Il s'approche et découvre, stupéfait, une mince chemise de carton bleu qui cahote sur le caoutchouc. Il l'attrape au passage, l'ouvre, et lit, incrédule, le procès-verbal de l'arrestation en février 1943 des familles Walter et Blum par la Milice. Trois signatures au bas du document. Bentz, Saurmann et Deninger.

Glacé, l'industriel se retourne brusquement. Il a cru entendre un pas. Mais l'immense salle où ronronnent les machines est déserte. Il est pris d'une rage soudaine.

— Walter ! hurle-t-il, je sais que tu es là ! Sors de ton trou, espèce de cafard ! Tu crois me faire peur ! T'as pas encore compris qu'on est les plus forts ?

Seul le chuintement métallique des broyeuses lui répond.

— Walter !

Peu à peu, la peur s'impose et remplace la colère. Ce type est-il assez fou pour lui faire du mal ? Saurmann recule et s'adosse. Ses yeux scrutent chaque coin de l'atelier. Il regarde les caméras. L'autre n'osera rien sous leur œil. Ce serait signer son arrêt de mort. Elles enregistrent tout.

— Walter, réglons ce malentendu une fois pour toutes. On va pas se faire la guerre sans arrêt. C'est pas moi qui ai... je ne suis pas responsable de l'arrestation de ta famille. Je... je n'ai su que récemment ce qui s'est passé. Par mon père, qui m'a dit avoir tout tenté pour s'y opposer. C'est Bentz, le coupable. Bentz et Deninger, qui voulait votre maison. Crois-moi. Pourquoi mon père se serait mouillé ? Il avait déjà l'usine à l'époque, il avait pas besoin d'autre chose... tu sais bien qu'il s'est battu en 1914, il pouvait pas les voir les Boches ! C'est pas lui qui aurait dénoncé des amis...

Sa voix résonne, désincarnée, dans cet univers de métal et de caoutchouc.

Il attend une réponse qui ne vient pas. Mal à l'aise, il se saisit d'une broche en acier au bout recourbé en hameçon, qui sert à attraper les quartiers de viande.

Un sourire flotte sur ses lèvres. Qu'il vienne, il sera reçu. Légitime défense. Les caméras enregistreront. Il jette un œil vers la plus proche.

— Enfin, qu'est-ce que tu veux ? Tu es revenu pour nous punir ?

Un bruit sur sa gauche, du côté de la trancheuse principale, le fait sursauter. Bloc d'acier armé de lames acérées tournant et s'entrecroisant dans la cuve, précédées de la roue dentée de la scie qui coupe les os longs.

Ce silence mortel l'effraie davantage que s'il voyait se dresser devant lui son adversaire. Il se sait froussard. Son père le méprisait quand il revenait de l'école en pleurnichant ou quand il suppliait sa mère de lui laisser la lumière dans sa chambre.

La sueur coule le long de son dos. Il agrippe fébrilement la broche. La salle déserte ne lui a jamais paru si grande, si froide.

Et alors ? Tout le monde ne peut pas être un héros ! La peur est un sentiment humain. Il a lu quelque part qu'elle servait à nous garder en vie.

D'ailleurs, il n'a pas vraiment peur. Le notaire est trop civilisé pour commettre un crime. Il veut un procès ? Le con ! Qui prendra le risque de condamner vingt ans après des notables ? Qui voudra remuer la boue qui, à l'époque, a éclaboussé tout le monde ?

Il se dirige vers la porte en jetant des coups d'œil autour de lui. Il s'est effrayé pour rien. Il pose sa broche, relève la tête.

Entre lui et la porte, il y a un homme. Apparu comme par enchantement. Surgi de derrière les quartiers de viande qui pendent, accrochés au treuil métallique.

L'industriel se vide de peur. Le sang reflue dans ses membres.

— Qui... qui êtes-vous ? balbutie-t-il.

L'homme ne répond rien. Il est jeune, vigoureux, mais pas menaçant. Il le regarde comme s'il était transparent.

— Qu'est-ce que vous... faites là ?

Saurmann se racle la gorge, cherchant à repousser le cercle qui l'étouffe. Il cherche des yeux la broche, va pour s'en emparer. Mais à cet instant l'homme s'est déplacé, tellement vite que le geste de Saurmann est resté en suspens.

— Laissez-moi ! a-t-il hurlé quand les bras de l'homme l'ont encerclé, soulevé de terre malgré son poids respectable et laissé tomber à ses pieds.

L'industriel a voulu se relever, mais l'homme a posé son pied sur sa gorge et a appuyé jusqu'à ce que Saurmann sente sa gorge se broyer.

Affolé de s'asphyxier, il s'est redressé dans une tentative inutile de fuite, mais l'homme l'a saisi par le col de sa veste, traîné sur le sol, insensible à ses râles, l'a soulevé comme un paquet et jeté sur le tapis roulant qui ne s'arrête jamais. Il a appuyé sur l'interrupteur.

La scie s'est mise aussitôt à tourner.

Suffoquant, incapable d'échapper à la poigne de son adversaire, Saurmann a vu arriver la roue d'acier étincelante.

Il a braillé des mots inintelligibles quand elle s'est attaquée à sa première jambe, faisant jaillir des flots de sang qui sont retombés en geyser dans la cuve. Il a hurlé quand elle l'a tranché comme ces quartiers de bœuf pendus tout autour de la salle.

Dans les supermarchés de la région, les conserves à l'ancienne de l'enseigne Saurmann devraient à peine changer de goût.

La disparition d'un des principaux industriels de la région n'a été connue que trois jours plus·tard. Sa Mercedes, retrouvée dans la cour de l'usine, n'a rien livré.

Personne n'a pensé à regarder les cassettes des caméras qui ont été de toute façon effacées par les prises de vues des jours suivants. Saurmann, par économie, avait choisi le modèle de base. Antoine, le gardien de nuit responsable de la sécurité, a déclaré aux enquêteurs qu'il avait vu la lumière du bureau de son patron s'éteindre à minuit et quart.

— Mais ça ne vous a pas étonné qu'il ne prenne pas sa voiture pour partir ?

Antoine, qui n'en a rien à foutre de la disparition de son patron, vu qu'il est à trois mois de la retraite et que l'usine et le reste peuvent bien aller au diable, a grimacé et haussé en même temps ses maigres épaules.

— Ça lui arrivait bien de partir à pied.

Interrogée courtoisement par le commissaire Schwantz sur ce délai de déclaration qu'il juge excessif, la veuve a expliqué avec dignité que son époux était coutumier de voyages d'affaires éclair.

— Comprenez, s'il devait se rendre à Paris ou ailleurs, il prenait le train.

— Et... il ne vous prévenait pas ?

En se tamponnant le nez, Mme Saurmann a secoué la tête en ravalant un sanglot, ce qui a empêché le policier de pousser plus avant.

N'empêche, cette disparition a davantage encore bouleversé la région, au point que le préfet a convoqué Schwantz.

— Qu'est-ce que c'est encore que cette histoire ! a-t-il tonné.

Schwantz a grimacé sans répondre.

— Vous vous rendez compte ! Trois morts, un disparu, et toujours rien !

— Pour les morts, on sait qui c'est, a répondu Schwantz.

— Et alors, ça nous fait une belle jambe ! Où est-il l'assassin, hein ? Toujours dans la nature !

Schwantz en a convenu d'un hochement de tête.

— On pense qu'il a passé la frontière...

— On pense ! On ne vous paye pas pour penser, mais pour agir ! Et ce Saurmann ?

Schwantz a soupiré.

— C'est inexplicable. On cherche. Le gardien de nuit l'a vu entrer mais ne l'a pas vu ressortir.

— Hein ? Alors il est dans l'usine !

— C'est ce qu'on s'est dit. On a regardé absolument partout. Aucune trace. Nulle part. Il pouvait aussi ressortir par une autre porte qui dessert son bureau. Ça lui arrivait de l'emprunter.

— Mais sa voiture, bordel ! Vous avez prévenu Paris ?

— Oui, monsieur le préfet, mais le problème vous le connaissez comme moi. Quand une personne majeure disparaît, on n'entreprend pas de recherches. M. Saurmann a pu choisir de partir sans prévenir son épouse.

— Enfin, vous n'y croyez pas ! s'est emporté le préfet.

Schwantz n'a su que répondre et s'est contenté d'examiner le bout de ses chaussures.

— Et ses comptes en banque ? Il a pris de l'argent ?

Schwantz a secoué la tête.

— Non, rien.

— Alors vous voyez bien ! Il faut me le retrouver, Schwantz, il faut me le retrouver !

Au bourg, une nouvelle fois envahi, les villageois lassés se recroquevillent. Ils en ont marre, les villageois.

Des barrages de gendarmerie qui les obligent à ouvrir sans arrêt leur coffre de voiture et à présenter leurs papiers. Des journalistes, collants comme des mouches et aussi mal élevés, qui font la fête jusqu'au milieu de la nuit, organisent pour se distraire des rodéos de motos et s'approprient tous les lieux où l'on boit et mange en faisant sauter les tarifs.

Et puis, ils ont un peu peur aussi. Ça fait beaucoup, ces drames qui se succèdent dans le coin qui, jusqu'ici, ne s'était fait remarquer pour rien.

Les langues s'agitent, supputent. Espionnage, règlement de compte politique, affaires de la dernière guerre ? Ou mafia, mari jaloux en ce qui concerne Saurmann ?

Les amis s'évitent, les voisins s'observent, la police s'énerve, et le maire hésite sur l'arrêté à prendre pour rassurer les populations.

Quand Damien est revenu, Walter a remarqué aussitôt les taches de sang qui maculaient sa veste. Mais le jeune homme a refusé de répondre aux questions et est monté directement dans sa chambre, où il s'est enfermé.

Walter a en vain tenté de se faire ouvrir puis, de guerre lasse, lui a laissé chaque jour sa nourriture sur le palier.

— Ouvre, tu ne peux pas t'enfermer comme ça ! Que s'est-il passé ? De quoi as-tu peur ?

Mais la porte est restée close. Plusieurs nuits de suite, Walter a entendu Damien parler et pleurer.

Quand le notaire rentre, le soir, il échange le repas de Damien contre la vaisselle sale qu'il a déposée.

— Tu ne peux pas passer ta vie enfermé ; il faut que nous parlions. C'est toi qui as enlevé Saurmann ? Qu'en as-tu fait ? Je t'en prie, Damien, parle-moi ! Je sais que c'est toi.

Mais Damien ne peut pas répondre. Sa raison a de nouveau sombré dans ces abysses d'où rien ni personne ne pourra le tirer.

Son âme est déchirée par ses souvenirs de ce monde où il a connu tant de souffrances. Les visages amis se confondent avec ceux de ses bourreaux. Les temps de rémission de sa folie se télescopent avec ceux de son désespoir. Son corps est un fardeau qu'il traîne et n'a plus envie de laisser vivre.

Dans le salon que la patine du temps a préservé de tout changement, au point que les battements de la comtoise paraissent rythmer autant le passé que le présent, Walter, assis à la table, écrit.

Sa main qui court sur le papier trace la piste qui guidera les chasseurs de l'Histoire vers la tanière où on a voulu l'enterrer.

Parfois, il lève les yeux vers le plafond d'où s'entendent des bruits dangereux et insolites. Il sait qu'à l'étage, comme lui, un homme lutte contre ses démons.

Dans cette chambre, où un temps un arc-en-ciel a éclairé sa vie, Damien vit désormais comme dans une grotte remplie de créatures maléfiques qui le terrorisent.

Un soir, avec un triangle de miroir brisé, il s'ouvrira la gorge.

Le jour et la nuit enferment les fantômes qui accompagnent nos vies.

L'horizon est toujours nu.

La maison est illuminée de haut en bas, comme pour une fête.

S'il le pouvait, Bentz allumerait la campagne alentour.

Il ne peut plus rester seul dans sa grande maison, dressée sur la colline comme au sommet d'une vague.

On la voit de partout et cela le rend vulnérable.

Alors, il se barricade. Cloue des planches transversales sur les contrevents ; bloque les portes.

Il a appris la disparition du fils de son ancien complice par le sien.

— Mais tu te rends compte que Saurmann a filé se mettre à l'abri ! a hurlé le médecin. Qu'il a disparu sans laisser d'adresse, sans prévenir personne !

— Il a été tué ! a chevroté le vieillard.

— Quoi ? Qu'est-ce que tu bafouilles ? Tué par qui ?

— Le notaire, le notaire... a balbutié Bentz.

— Quoi le notaire ? Il est vivant, lui, le notaire ! s'est mépris le clinicien.

— C'est... lui qui l'a tué... a bafouillé Bentz, que l'agression de Dufour a laissé fortement diminué.

— Qu'est-ce que tu racontes ! Les flics ont vérifié ! Tu t'imagines ce type descendre Saurmann !

— C'est lui… s'est entêté le vieillard.

— Non, s'il est mort, c'est l'autre, le fou ! Mais il s'est tiré, oui !

Le vieillard s'est acharné et son fils a hurlé, avant de raccrocher, rageur :

— C'est nous, les fils, qui payons pour vos saloperies !

Depuis, Bentz ne l'a plus ni revu ni entendu. Son maître de chais, qu'il a renvoyé, lui a appris avec une feinte compassion que la direction de la clinique lui avait été retirée par le nouveau conseil d'administration, que sa femme avait demandé le divorce mais qu'il ignorait où elle était, et que tout se faisait par l'entremise des avocats.

— On dit, mais ce doit être des blagues, m'sieur, vous savez comment sont les gens, qu'elle avait une liaison avec la patronne du… enfin du *Divan Japonais*… vous savez… et que, quand elle a été tuée, votre belle-fille a dit qu'elle se vengerait.

— Foutez-moi le camp… espèce… espèce de connard ! a répliqué le vieux les yeux pleins de haine.

Depuis, il s'est enfermé comme pour soutenir un siège. Sa belle maison si bien tenue ressemble maintenant à un taudis. Il se fait livrer de maigres provisions qu'il laisse pourrir pour la plupart. Sa femme de ménage l'a laissé choir. Il ne se lave plus, ne se change plus.

Et ce soir, plus que les autres soirs, il a peur.

Assis dans son large fauteuil au milieu du salon, ses yeux furètent sans répit. Il a allumé la cheminée, mais les ombres que les flammes projettent font vivre d'étranges silhouettes sur les murs et il se tord le cou à les suivre.

Il croyait connaître chaque bruit, chaque respiration de la vieille maison, mais aujourd'hui, d'autres, inconnus, menaçants, sont apparus.

Ses mains crispées sur les accoudoirs, son corps tendu, son cœur qui s'affole le vident de ses dernières forces. Un craquement, un volet qui claque, un pas sur la route, le bois qui gonfle, les fentes qui gémissent, la nuit sifflante, sont autant d'ennemis sans visage.

Il tend le bras vers une bouteille de schnaps et s'en sert un grand verre. L'alcool lui redonne un semblant de courage, vite éteint.

Les meubles et les objets paraissent l'épier et lui donnent envie de pleurer, de se recroqueviller comme un enfant.

Mais accablé par sa propre honte, un reste de fierté le fait se redresser. Coq vaniteux et dérisoire, il frappe la table du plat de la main, attrape le tisonnier, secoue le bois brûlé qui éclate en feu d'étincelles, redresse ses épaules amaigries, éclate d'un faux rire insolent, s'apostrophe :

— Eh ben vieux con ! T'as donc... plus de couilles ! T'es... t'es... là à te terrer... À trembler comme une vierge...

Il marche dans la pièce à pas hardis qu'il contrôle mal. Se ressert une large rasade de ce schnaps qui a façonné depuis toujours les hommes de ce pays. Claque la langue comme il sait et aime le faire.

278

— Nom de Dieu ! croit-il tonner, c'est... pas un putain de youpin qui va... qui va me foutre la trouille ! J'vous emmerde, toi et ta saloperie... ta saloperie de famille ! Et ta saloperie de mère qui se croyait trop bien... pour un gars comme... comme... ! Mais elle me plaisait, moi, ta mère... Ah, ah ! putain qu'elle me plaisait !

Il titube. Son corps affaibli ne tient plus l'alcool comme avant. Il s'accroche, s'arrête essoufflé.

Dehors, la nuit souffle sa rage. Le vent chevauche les plaines en faisant tournoyer les nuées qui se pourchassent du ponant au levant. La pluie cingle les vitres.

— Mais vas-tu donc pas t'arrêter, charogne de tempête ! hurle-t-il d'une voix avinée et grelottante. Je suis chez moi, ici, t'entends ! tu rentreras pas !

Sa tête dodeline. Ses yeux mouillés d'alcool et de vieillesse se ferment et ont du mal à accommoder. Ils lui font voir d'étranges silhouettes qu'il chasse d'une main malhabile.

— Vous ne m'aurez pas, charognes !

Il glisse sur le canapé, les jambes pendantes, la tête en arrière, la bouche grande ouverte. S'endort d'un coup du lourd sommeil refuge des ivrognes.

La tempête s'apaise peu à peu et, dans la maison redevenue presque paisible, Bentz se sent tiré de son sommeil par une voix d'abord ténue, et qui enfle.

Il ouvre les yeux, reste un instant souffle pressé, se dresse en se tordant, pose les pieds à terre, se met à l'écoute.

Il tourne la tête vers la cave. C'est de là qu'on lui parle. De la cave ?

Glacé de terreur, il voit tourner l'anneau de la poignée et se pelotonne en tremblant dans le canapé.

La porte de la cave semble poussée de l'intérieur, tandis qu'enfle un murmure d'abord inaudible qui devient plus distinct.

« Pourquoi nous as-tu frappés ? Pourquoi nous as-tu spoliés ? Pourquoi nous as-tu tués ? »

Les voix nombreuses se croisent, se répondent. Des gémissements déchirants les traversent.

— Non, non ! hurle le vieillard en dressant devant lui les armes dérisoires de ses bras. Non, je n'ai rien fait, ce n'est pas moi ! C'est eux !

« C'est vous tous, répondent-elles d'une seule voix. Vous tous. La haine, la cupidité, la bêtise, l'envie. Vous tous qui nous avez tués. »

— Non, non, partez ! partez ! je vous en supplie ! je vous donnerai ce que vous voulez !

Il se redresse comme un fou en tordant ses mains en supplique. Veut fuir loin de cette cave immonde où se cache l'innommable.

En reculant, son pied accroche une pierre du manteau de la cheminée. Il perd l'équilibre, part en arrière comme un poteau scié, les mains toujours en prière. Son crâne s'ouvre sur un des lourds chenets de fonte qui meublent le foyer.

Il bascule dans les flammes hautes et vives qui se précipitent et l'étreignent.

Il veut se relever, déjà aveuglé par la mort toute proche, chasser ces langues rouges qui le fouaillent atrocement, retombe dans le foyer qui se referme sur lui.

Derrière la porte de la cave, une famille Rat, un instant interrompue par le vacarme, se remet tranquillement à son repas. Les ratons, facétieux et repus, reprennent leurs cavalcades ludiques en piaillant.

Dans une ferme froide et sombre, de ce même lieu où tant de fois aux frontières se sont massés les barbares, un homme seul est assis.

La pénombre est moins noire que les pensées qui l'assaillent ; la maison moins vide que son cœur. Il tient sa tête dans ses mains trop blanches et trop grandes, et pleure. Comme le font les hommes de ce temps, à qui on n'a pas appris à le faire. À coups de reniflements et de honte.

Son doigt, déformé par l'arthrite, suit un sillon sur le bois de la table. Le bois fendu est plus clair et plus doux à force d'être caressé.

À présent que la tempête a fui, le silence s'est emparé de toutes choses.

L'homme assis est plus seul et plus pauvre que Job, plus seul et plus pauvre que ne s'est jamais senti seul et pauvre n'importe quel homme.

Ce soir sa femme, si l'on peut appeler ainsi l'employée corvéable qu'elle a été, a choisi de quitter cette vie. Elle ne voulait plus rester sur cette terre où elle a enterré son fils unique. Ce fils qu'elle a si mal aimé.

Elle s'est pendue. Comme c'est l'habitude dans ces fermes où les grosses poutres interrompent si bien le cours des existences.

Et curieusement cette vie, jusque-là si indifférente, lui manque à le faire mourir.

Son doigt déformé continue de suivre la trace béante du coup de couteau. Des larmes, enfin, jaillissent de ses yeux comme d'une fontaine.

Il sue d'un coup ses peurs, ses malveillances, ses lâchetés.

Sa sortie, ce sera la sienne. Ne plus rien attendre des autres. Il a toujours tout attendu. De son fils, de sa femme, de ces gens qui faisaient mine de l'aider pour mieux le mépriser.

Son regard lourd s'attarde un instant sur ce qu'aura été le décor de sa vie, mais il ne le voit déjà plus.

Il s'essuie le nez du dos de la main, renifle, remonte sa ceinture d'un coup de rein, saisit sa canne à pleine main et ouvre la porte.

La nuit n'est pas remise de la fureur qui l'a traversée. Les branches des arbres dégoulinent, la terre noire est gorgée d'eau. L'air est glacial.

Dans la cour, il aperçoit la rondeur pesante du puits qui, depuis des générations, a abreuvé et lavé la famille.

Vingt-sept mètres de profondeur, cinq mètres d'eau. Jamais à sec, même les mauvaises années brûlantes. Un des meilleurs de la région.

Au bout de sa chaîne, le pauvre chien de Deninger tire, et gémit.

L'homme n'a pas un regard pour lui. Il n'a jamais aimé les bêtes.

Il enjambe la margelle du puits.

20 février

« Dans la confortable demeure de Jean-Michel Walter, notaire à N... et honorablement connu dans notre région, a été découvert hier matin par la femme de ménage le cadavre à moitié décomposé d'un homme.

Des indices recueillis dans la maison ont permis d'identifier le corps comme étant celui de Damien Le Doll, échappé l'été dernier d'un asile psychiatrique, soupçonné d'être l'auteur de trois meurtres particulièrement horribles, et recherché depuis par toutes les polices.

Les enquêteurs se perdent en conjectures sur sa présence chez le notaire, qui a disparu. Les services de police interrogés craignent de ne pas retrouver sa trace, comme celle de Fernand Saurmann dont on est toujours sans nouvelles. »

25 mai

« Un communiqué des douanes suisses a révélé qu'au poste frontière de S..., un homme porteur d'un passeport au nom de Jean-Pierre Walter s'était présenté le 5 avril dernier.

Prévenue, la gendarmerie a tenté en vain de se mettre en rapport avec lui, et prie toute personne susceptible de fournir des renseignements sur Me Walter de bien vouloir la contacter.

Les autorités judiciaires pensent en effet que le notaire, au cœur des drames qui ont frappé la région l'année précédente, pourrait les éclairer et les aider dans leur enquête sur la mort de Sophie-Anne Doucet, ainsi que sur la disparition de l'industriel Fernand Saurmann.

Ils voudraient également l'interroger sur la présence pour le moins insolite à son domicile du cadavre de l'assassin présumé du dentiste François Deninger et de deux infirmiers de l'asile. »

Dans la même collection

6913

Composition Nord Compo
Achevé d'imprimer en France (La Flèche)
par Brodard et Taupin
le 24 février 2004 -22557
Dépôt légal février 2004. ISBN 2-290-33291-7

Éditions J'ai lu
84, rue de Grenelle, 75007 Paris
Diffusion France et étranger : Flammarion